얀 이야기

❺

얀과 콩새 이야기

마치다 준 글 그림

김은진 옮김

東 文 選

얀과 콩새 이야기

町田　純

ヤソとシメの物語

© 1998 JUN MACHIDA

This edition was published by arrangement
with Publisher Michitani, Tokyo
through Access Korea Agency, Seoul

차 * 례

제1막

제2막

여기 존재하는 세계는 초원과 숲이 만들어 낸 작은 극장입니다. 우리들이 직접 발을 내디딜 수는 없습니다.

멀리서 언뜻 쳐다볼 수밖에 없는, 그것은 아주 먼 세계이지요. 아주아주 먼…….

단, 우리가 만약 안개가 되어 스스로의 의식을…… 이 극장의 나도국수나무 관목 입구에서 우표 자르는 떼까마귀에게 들키지 않고 들어갈 수만 있다면…….

햇볕이 쨍쨍 내리쬐는 초여름의 바람에 심하게 흔들리는 자작나무 가지와 조각조각 흩날리며 떨리는 사시나무 잎과 바람이 몹시 세게 부는 연못의 파문도……

시야 안에 있는 초원에서 지그재그 모양으로 물결치는 키큰 풀들.

새들의 지저귐이 사라진 여름 끝의 하루도, 새파란 하늘이 지평을 가로지르는 황금의 가을도, 적막하고 고요한 늦가을도, 그 마지막 저무는 해가 우리의 안개 저편으로, 부드러운 빛을 가득히 채우고 주저주저하며 잠기려고 하는 짧은 순간에도, 모든 것은 우리들의 생각대로랍니다!

우리들의 의식은 오로지 숲 속에서 방황하며, 초원을 뒤덮습니다.

그리고 우리들도 풍경의 일부가 되어 이 사랑스런 극장의 보잘것없는 공연의 무대에 구색을 맞춥니다.

자, 여러분! 지금 이 순간은 관객이라는 것을 잠깐 잊도록 할까요?

저도 모르게 의식을 녹이고 짙은 크림색의 안개가 되어 바람에 몸을 맡겨 떠다니고 있을 것입니다.

그런 멋진 바람에 날려 맨 처음 도착한 곳은 정말, 초원의 저편에 두둥실 떠올라 있는 듯 보이는 얀의 오두막입니다. 거기까지는, ……이제 얼마 남지 않았어요.

얀과 콩새 이야기

얀에게

제1막

1. 만남

톡톡. 뭔가를 두드리는 소리가 단잠을 깨웠다. 벌써 전에 아침 해가 떠올랐지만 이불 속에서 나오고 싶지 않다. 어제는 밤늦게까지 시집을 읽었다. 나는 잠에서 반쯤 깬 눈으로 시 속의 풍경을 꿈꾸고 있었다.

갑자기 방울을 단 썰매가 나타나는가 싶더니 눈 깜짝할 사이에 멀리 사라져 버리거나, 큰 도시의 대로변에 접한 저택 창문으로 샹들리에가 만들어 내는 빛과 그림자 사이에서 허위의 기술을 찾아내거나, 숲 속 텅 빈 초지에 내리쬐는 눈부신 빛마저 느낄 수 있었다.

톡톡 소리가 기계음처럼 정확한 간격으로 되풀이되었다.

톡톡, 톡톡톡, 톡톡, 톡톡톡…….

숲의 나뭇잎들이 동시에 바람에 흔들려 솨아- 하고 소리를 낸다. 바람이 불 때마다, 다시 솨아- 하고 소리가 나고 나는 그 순간 크리미아 해안 근처 벼랑을 떠올린다. 보통 때는 이상하리만치 고요하던 흑해의 파도가 솨아- 하고 소리를 내면, 오랜 침묵을 깨고 이번에는 다른 파도가 철썩- 하고 소리를 낸다. 파도와 파도 사이의 아주 짧은 간격 속에서 다시 단잠에 빠져들고 있었다.

아무도 없는데 이상하다고 생각하면서 가까스로 침대에서 빠져 나와 문을 열어 보았지만, 역시 밖에는 아무도 없다.

그래도 어디선가 톡톡, 톡톡톡 소리가 계속 들려온다. 별로 중요한 일도 아니니까 잠이나 더 자두려고 이불 속으로 들어와 한참을 누워 있는데, 아무래도 신경이 쓰여 잠이 오질 않았다.

저 멀리 숲에서는 작은 새들이 지저귀는 소리가 겹쳐 와스락와스락 하는 소리가 바람에 실려 왔다.

침대에서 창문 너머를 내다보니, 조그마한 창틀 사이로 하얀 구름이 둥실둥실, 끝없이 이어지는 초원 끝의 지평 근처로 떠가고 있었다.

어쩔 수 없이 자는 걸 단념하고 일어나기로 한다. 잠그개를 벗겨내고 창을 열자, 파란 6월의 하늘이 눈앞에 가득히 펼쳐져 있다.

숲의 나무들은 파스텔로 칠한 것처럼 부드럽고 엷은 녹색으로 뿌옇게 되어 있고 곳곳에 하얀 나무껍질이 불투명 수채화 물감으로 악센트를 준 것 같았다. 전나무는 변함없이 가지를 늘어뜨리고 멋있게 서 있었지만, 이 시기에 무성한 낙엽수의 기세에 눌려 조금 생기가 없어 보였다.

어느새 그 이상한 소리는 사라지고, 매일 바라보아도 싫증나지 않는 낯익은 경치를 우두커니 바라보았다.

오른쪽으로는 침엽수 숲이 펼쳐져 있고, 거기서 조금 떨어진 곳에 자작나무 숲과 나도국수나무 관목이 이어지는가 싶더니, 나머지는 눈앞에 펼쳐진 초원 곳곳에 작은 수풀들이 여기저기 흩어져 있는 정도였다.

더 멀리, 초원 저편은 다시 다른 숲으로 채워져 펼쳐져 있었지만.

이렇게 초원과 관목과 숲은 작은 기복이 반복되는 가운데 자신들이 내키는 장소를 골라 훌륭한 풍경을 만들어 내고 있었다.

나는 이런 구도가 너무 좋았다.

나는 꼼짝 않고 좀 더 오랫동안 바깥 풍경을 바라보았다.

때때로 기분 좋은 여름을 향한 미풍이 흰색과 갈색이 섞인 내 털을 간질였다. 숲 주변의 자작나무들은, 새로 나온 잎을 반짝거리면서 이 아름다운 바람에 인사하고 있었다.

바람은 점점 강해져, 초원의 키 큰 풀들은 하나같이 내 오두막 쪽을 향해 파도치기 시작했다.

나는 창문을 닫고 차를 마시기로 했다. 사모바르에 불을 붙이고 주둥이가 조금 깨진 도자기 포트에 조금 남아 있는 홍차를 약간만 넣고 찻잎이 흐늘흐늘해질 때까지 평소보다 짙게 끓여냈다. 이것으로 오늘 하루분의 차는 충분할 것이다.

끓여낸 홍차에 사모바르의 물을 너무 묽을 정도로 섞은 다음, 오늘의 한 잔을 6월의 바람에 건배했다.

눈을 감고 두 잔째를 반쯤 마시고 있을 때 갑자기 다시 톡톡, 톡톡톡 두드리는 소리가 울려 퍼졌다.

이번에야말로 이 소리의 정체를 알아내야겠다고 마음먹고, 재빨리 문을 열고 밖으로 뛰어나갔다. 오두막 앞 초지에는 이름도 알 수 없는 잡초의 작은 꽃이 움츠려든 잎사귀 사이로 몰래 피어 있었다. 끝없이 계속되는 초원으로 눈을 돌리자, 곳곳에 하얀 반점이 떠올랐다가는 사라졌다. 그것은 흰클로버 군락이었다.

톡톡, 열심히 지붕 아래의 벽을 쪼고 있었던 것은 언치새보다 훨씬 작고, 개똥지빠귀보다도 작고, 하지만 멧새보다는 큰 새였다. 꼬리는 꽤 짧고 땅딸막한 체형으로, 크림색의 커다란 부리를 갖고 있다. 눈 주변에는 검게 테두리가 둘러져 있어 조금 무서운 얼굴을 하고 있지만 그 체형 덕분에 기껏해야 짓궂어 보인다는 인상만 주었다.

너무 열중하고 있었기 때문에 나는 좀처럼 말을 걸 수 없었다.

조금 짙은 감색이 섞인 회색 날갯죽지 안쪽에 아주 조금, 새하얀 깃털뿌리가 섞여 있어서, 날개 끝의 검은색과 담담하게 조화를 이루고 있었다. 솜씨 좋은 화가였다면, 불과 서너 번의 붓놀림만으로 순식간에 완성되어 버릴 것 같은 작은 색채의 세계였다.

"저, 여기서 뭘 하고 있어?" 나는 마음먹고 말을 걸었다.

그 새는 톡, 톡, 톡, 하고 대답했다.

"이봐, 왜 그러고 있는 거야?" 나는 다시 말을 걸어 보았다.

그 새는 그제서야 쪼는 것을 멈추고 내 쪽을 돌아보았다.

"이 나무 정말 맘에 들어!"라고 그는 말했다.

"아주 잘 말라 있고, 소리도 참 좋은데? 너도 해보지 않을래? 간단해. 봐."

그렇게 말하고 다시 톡, 톡, 톡, 두드리기 시작했다.

"아아, 그러고 보니 너는 딱따구리의 일종 아니니? 하지만 이 나무에는 벌레 같은 건 별로 없는데. 아무래도 오래된 나무라서."

"응, 아니야. 톡톡. 나는, 톡톡. 나무 속의, 톡톡. 벌레를, 톡. 훔치려는 게, 톡. 아니야, 톡."

당연히 나는 또 질문을 했다.

"그럼 왜 벽을 두드리고 있는 거야?"

"톡톡. 그건 톡, 결국 톡톡. 두드리는 것이, 톡톡톡, 좋아서, 톡. 그래, 톡. 톡톡톡."

"응, 그렇구나. 다 끝나면 차 한 잔 마시러 올래?"

라고 나는 여전히 바쁜 것 같은 새를 초대했다.

낡은 사모바르는 느긋하게 물을 끓이며 기다리고 있었다.

나는 오늘의 찻잎을 절약한 것을 후회하면서 옛날, 카와카마스한테서 받은 은색의 독수리머리 문양과 두 줄의 가로선 외에는 특별히 다른 모양도 없는 흰색 컵에 홍차를 따라 주었다. 카와카마스*는 하류의 깊은 강바닥에서 발견해 낸 것

---

* 카와카마스……고양이 얀의 친구인 대형 담수어. 꼬치고기라고도 부름. 《얀과 카와카마스》《초원의 축제》(출저. 미치다니 간행)에도 등장한다.

이라고 말했었다. 그리고 흰 바탕에 옅은 녹색의 작은 꽃다발이 그려진 엷은 도자기 컵에도 한 잔 따랐다. 나는 이것을 2로리* 정도 떨어진 폐허 안에서 찾아냈다. 받침접시에 테두리가 되어 있었지만, 매우 마음에 들었다. 왜 그것이 그런 곳에 있었는지 지금도 잘 모른다.

"이것이 독수리가 아니고 콩새 문양이었다면 꽤 좋은 물건이었을 텐데." 그는 그렇게 말하고 설탕을 네 스푼 넣고는 찻물을 받침접시에 옮겨 한 모금 마셨다.

"딱따구리 종류가 아니라면 지저깨비니?"라고 내가 다시 물어보자,

이번에는 아까처럼 바쁘게는 아니고, 매우 침착한 어조로,

"아니, 지저깨비도 딱따구리과야. 나는 몬티새과의 콩새라고 해"라고 말했다.

"아, 잘 몰라서 미안했어. 몬티새과의 새도 딱따구리과의 새와 마찬가지로 나무를 두드리니? 난 새에 관해서는 잘 모르거든."

"아니, 몬티새과의 새는 잣새라든가, 검은방울새라든가, 그리고 물론 몬티새도 있지. 아참, 그리고 양지니의 동료이

---

* 로리……러시아의 거리를 재는 단위로 1로리는 1,067미터.

기도 해."

　그렇게 그는 나무를 두드리는 것에 대해서는 아무 대답도 하지 않았기 때문에, 나는 두 잔째 차를 따르면서 다시 물어 보았다.

　"그럼 콩새야, 너는 어째서 나무를 두드리는 거야?"

　"나는 두드리는 것이 좋아. 특히 단단한 것은 더 좋아. 단단한 것은 소리가 좋거든. 특별히 나무가 아니라도 괜찮아. 양철이나 쇠라도 상관없어. 아니 나무보다 더 좋아. 유리도 괜찮구. 낮은 소리보다 높은 소리가 나는 것들이 훨씬 마음에 들어. 카랑카랑 들판에 울려 퍼지는 소리는 상상만 해도 기분이 좋아지거든."

　"흐음, 그러니?"

라고 나는 조금은 알았다는 듯이 끄덕였다. 하지만, 사실은 거의 알아듣지 못했다.

　"그렇지만 이 주변에는 별로 두드릴 만한 것이 없어."

　그는 갑자기 목소리를 낮추었다.

　"전에 있던 곳은 굉장했어. 거기는 두드릴 것들이 참 많았어. 유대인이 하는 잡동사니 가게의 양철 장난감. 아르메니아인 식료품점의 간판. 오세트인의 말 장신구. 이슬람교도의 모스크 첨탑 꼭대기. 그루지야인 교회의 원추형 지붕 등등등."

그는 자랑스럽게 계속했다. 그리고 설탕을 네 스푼 더 넣고, 두번째 잔을 부리에 갖다 댔다. 사모바르에 햇빛이 반사되어 좁은 실내는 초여름의 빛으로 가득했다.

"나는 단것을 좋아해. 그런데 아직 이름을 안 물어봤네."

그는 제법 진지한 얼굴로 물었다.

"앗, 까맣게 잊고 있었네. 난 얀이라고 해. 결국 고양이과의 얀이야. 호랑이라든가 표범과도 같은 과야." 나는 어느 틈엔가 콩새의 어조를 흉내내고 있었다.

"잘 알겠어." 그는 침착하게 대답했다.

"그럼, 얀 너도 단단한 것 쪼는 거 좋아하니?"

나는 뭐라고 대답하면 좋을지 몰라 순간 망설였다.

"싫어하지는 않지만, 별로 해 본 적이 없어서 잘 모르겠어."

"꼭 한 번 해 봐. 저 바깥벽은 상당히 좋아. 정말 잘 마른 나무 같아. 소리가 아주 좋아. 여기 살고 있으니까 매일 쪼면 좋을 텐데 말야"라고 조금 부러운 듯이 말했다.

"그렇구나. 하지만 나는 고양이라서 높은 곳에 올라가는 게 별로 자신이 없어. 다음에 사다리를 타고 올라가서 해 볼게."

"그래, 꼭 한 번 해 봐. 그때는, 이렇게 해서……"

어느샌가 초여름의 태양 빛이 사모바르에서 콩새의 등쪽

날개털로 옮겨갔다.

여름을 앞에 둔 기쁨으로 빛을 가득 받으면서 콩새는 계속
이야기했다.

2. 신의 존재에 대한 대화

다음날, 나는 내가 좋아하는 자작나무가 듬성듬성 난 숲 가운데 앉아 눈앞에 펼쳐진 초여름의 초원에 시선을 빼앗기고 있었다.

해가 숨자, 내 오두막은 초원으로 미끄러져 들어가는 배처럼 보였다. 그때 내 가슴은 쓸쓸함으로 가득 차 누구하고라도 좋으니까 여하튼 이야기하고 싶어졌다.

그러나 일단 강한 햇빛이 눈 사이에서 초원으로 반사되어 풀이 반짝반짝 빛나고 내 오두막에도 빛이 들어오면, 그것은 금세 용감한 범선으로 바뀌는 것이었다. 나는 여기 살 수 있다는 기쁨으로 가슴이 벅차오르고 아무것도 바랄 것은 없었다.

반나절 동안, 초원의 풍경을 마음껏 즐기고 숲으로 들어갔다. 침엽수 숲 속은 아직도 봄이었다. 일직선으로 이어지는 숲 속의 길 끝에는 에나멜로 칠해 놓은 것 같은 미나리아재비의 노란색이 눈에 띄었다. 잘 보면 제비꽃도 아직 피어 있어서, 어두운 숲 안쪽을 향해 약간 어두운 청보라색이 군데군데 흩어져 있는 것이 보였다.

안쪽 깊숙이 더 들어가니 공기는 점점 차가워져 몸이 조금 떨렸다. 그것은 어디에 매달릴 데 없는 광활한 숲과, 빛의 결핍에서 오는 왠지 모를 불안감의 표현이었다. 확실히 숲 속의 양치식물도 그 모양은 불가사의한 매력을 갖고 있었지만, 거기에 엎드려 오랜 시간을 보낼 생각은 없었다.

한 시간 정도 걷자, 숲과 숲 사이의 빈 지대로 접어들었다. 바로 옆에 핀 물망초의 밝은 청색이 하늘의 색을 비추고 있었다. 빈 지대의 중앙에서 맞은편 숲 일대에는 이름도 모르는 하얀 꽃들이 여기저기 피어 있었다. 하늘도 동시에 열려 하얀 싸리눈이 빈 지대와 같은 방향으로 흩날리고 있었다.

나는 조금 피곤해져서 왔던 길을 되돌아가기로 했다.

돌아가는 길의 숲은 여지없이 내 의식을 마음 안쪽 깊은 곳으로 밀어 넣는다. 나는 이 압박감을 견딜 수 있을 것 같지 않았다. 자신이 혼자라는 것이, 얼마나 괴롭고 슬픈가를 깨달았다. 이럴 때는 좋은 음악이라도 떠올려 불러보면 좋겠다고 생각할 것까지도 없이 선율이 저절로 떠올라, 어느샌가 선율의 포로가 되어 있었다.

옛날 어릴 적, 더 멀고 먼, 아마 시골마을의 연주회에서 들은 곡이라고 생각한다. 마을 합창단과 교회 성가대의 보잘것없는 오케스트라가 들릴락 말락 반주를 하고 있었다.

그 스타바트 마테르 돌로로사의 첫 몇 소절에 이어 마치 왈츠 같은 선율이 흘러나왔다가는 사라져 갔다.

스타바트 마테르 돌로로사……, ……라쿨리모사……
스타바트 마테르 돌로로사……, 라쿨리모사……
(슬픔에 잠긴 성모는……, 눈물을 적시며 십자가 곁에 내내 서서……)

그렇게 해서 나는 겨우 숲 입구로 돌아올 수 있었다.

하늘은 어느 틈엔가 엷은 구름으로 덮이고, 이제 태양도 내리쬘 기색을 보이지 않았다. 활기를 잃기 시작한 초원은 나를 점점 더 고독으로 밀어 넣으려고 했다.

그때 갑자기, 톡톡, 톡톡 분주하게 두드리는 소리가 멀리서 들려왔다.

숲 입구에서 오두막 쪽을 보자, 콩새가 작은 점처럼 되어 오두막의 벽을 두드리고 있는 것이 보였다. 날씨 탓인지 어제보다는 울림이 탁했지만 변함없이 자신 있고 확신을 가진 두드림이었다. 나는 어쩐지 기분이 좋아져서 걸음을 재촉했다.

"안녕, 콩새야. 또 왔구나. 오늘은 잘 돼가니?"

"……톡, 톡, 톡, 톡. 그럭저럭. 톡톡, 그런데, 톡톡, 톡톡. 얀 너는, 톡, 어디, 톡, 갔다, 톡, 오는 거야, 톡톡, 벌써, 톡, 아까 전에 톡톡, 해가 톡, 저물 톡톡, 었는데, 톡톡." 여전히 콩새는 정신없이 쪼면서 떠들었다.

"응, 뭐 좀 생각하느라 숲에 잠깐 들어갔었어. 숲 속은 여기보다 조용하니까, 오히려 뭔가 생각하기에는 좋거든. 다만 조금 너무 외로워지는 게 안 좋지만 말야……"

"과연, 톡, 톡톡톡. 난, 톡, 숲의, 톡, 위에서밖에, 톡톡, 보지 않으니까 톡톡, 별로 톡, 그렇게 톡, 느끼지 못했는데. 숲 속의 톡톡톡, 특히, 톡, 그 종비나무 밑가지에 톡, 앉았을 때는 톡, 분명히, 톡, 쓸쓸했었어, 톡……. 그런데 이제 차 마실 시간 아니니?"

라고 갑자기 두드리는 것을 멈추고 콩새는 그 검은 테두리가 있는 눈으로 이쪽을 돌아보았다.

"아 그렇구나. 벌써 그렇게 됐네."

라고 나는 조금 당황해서 오두막으로 들어가 사모바르에 불을 붙였다. 그리고 어제처럼 찻잎을 아끼지 않고, 듬뿍 넣어 거의 지워져 있는 두 마리 독수리머리 문양의 컵에 따랐다.

콩새는 오늘도 설탕을 네 스푼 넣고, 별로 섞지도 않고 받침 접시에 아주 조금 옮겨서 매우 즐거운 듯이 한 모금 마셨다.

나도 언제나 마시던 엷은 녹색의 꽃다발이 그려진 컵에 입을 대고 오늘 보았던 숲 속의 제비꽃이나 미나리아재비, 모양이 바뀐 양치식물 이야기를 했다. 돌아오는 길, 문득 생각난 옛날 콘서트 이야기도. 그리고 그 안타까운 선율도……. 그때 내 머리는 다시 그 선율로 가득 채워져 있었다.

"그런 일은, 자주 있어."

콩새는 곁눈으로 입구가 부서진 포트를 흘끗 보고,

"가능하다면 한 잔 더 줄 수 있니? 마시니까 몸이 훈훈해지네"라고 말했다.

나는 재빨리 두번째 잔을 채워 주었다. 콩새는 아직 설탕이 꽤 녹지 않고 남아 있는 컵에 다시 설탕 네 스푼을 더 넣고, 가끔씩 스푼으로 저었다.

"나는 단것이 너무 좋거든. 그런데 나도 그 곡은 좋아해. 하지만 누가 만든 건지는 잊어버렸는걸" 하고 사모바르에서 김이 모락모락 피어오르는 것을 가만히 보고 있었다. 분명 콩새의 머릿속에도 그 선율이 흐르고 있었을 것이다.

"그런데 콩새야. 너는 어디 살고 있니?"라고 나는 물었다.

"응, 어디든지 다 내 집이야. 난 혼자니까. 대개 새 종류는 가재도구를 갖고 있지 않거든. 사실 별로 필요 없으니까. 수풀 속에 숨거나, 나무 구덩이에 들어가면 돼. 다만, 그 중에는 겉모양만 신경 써서 집을 반드시 짓는 녀석도 있지만 말야. 그것도 여기저기서 하나씩 목재가 될 만한 가지 같은 걸 물어와서 말야. 그런 녀석들의 속마음은 정말 모르겠어. 나는 집이라든가 가족이라든가 하는 건 지긋지긋해. 집단으로 무리지어 사는 녀석들은 이해가 안돼. 일 년 내내 치치-, 삐삐- 떠들어대면 아마 견딜 수 없을 거야. 녀석들, 꼭 떼 지어 살아야만 되나? 그래서인지 자기 편에게는 부지런히 아첨을 해대지만, 다른 새들에게는 무서울 정도로 배타적인 본성을 드러낸다구. 그들 한 놈 한 놈의 자아는 집합적 무의식 앞에서 완전히 무력한 존재라구.

아참, 어디 살고 있냐고 했었지? 여기서 3로리 정도 떨어진 곳에 허물어지기 시작한 저택이 있는 거 아니? 엷은 녹색으로 칠해 놓은 페인트가 반쯤 벗겨져서 정말 보기 좋아.

꽤 낡은 계단을 올라가면 음, 사실 나는 계단이 없어도 되지만, 넓은 테라스가 나와.

테라스에서 양쪽 여닫이문을, 아니 정확히 말하면 양쪽 여닫이었던 문을 열면, 다시 실내로 들어가는 문이 나타나지.

예쁜 유리가 끼워져 있는, 그래, 모서리가 둥글게 다듬어져 있고, 장미 모양으로 되어 있는 문이야. 그곳을 빠져 나가면 넓은 공간이 나와. 아마 손님을 맞이하는 방이었을 거야. 창이 많아서 햇빛이 정말 잘 들지. 하지만 역시 유리는 거의 남아 있지 않아. 부서진 등나무 의자가 세 다리로 서 있고, 발이 부러지거나 앉는 부분이 쑥 빠져 나가 버린 구부러진 나무의자 따위가 대여섯 개 굴러다니고 있어. 액자 그림 같은 건 이제 어디에도 걸려 있지 않아. 창에는 실크 레이스의 끝단이 늘어진 채 매달려 있고 물론 샹들리에도 완전히 낡았어. 하지만 바람은 정말 잘 통해. 어쨌든 방해물은 아무것도 없으니까 괜찮아.

이 넓은 공간의 안쪽 문을 열고 복도로 나오면 거기에 2층으로 올라가는 계단이 있어. 그곳을 두 칸씩 뛰어 올라가면 방이 다섯 개 정도 있어. 안의 상태는 모두 비슷해 보여.

이 계단을 더 올라가면, 거기는 지붕 바로 아래 다락방이어서 잡동사니 조각들이 먼지를 뒤집어쓴 채로 굴러다니고 있어. 그런데 거기는 창유리가 조금 남아 있지. 그래서 나는 그 지붕 아래 다락방에 살고 있어. 좀 추울 때도 거기선 견뎌낼 수 있으니까."

"그런데 그 부족할 데 없이 큰 저택에는 누가 살았을까? 정말 아무도 살고 있지 않니?"

"어쩌면 저쪽 세계의 귀족이나 뭐, 그런 사람들의 별장이었을 거야. 그 정도로 부자는 아니었던 것 같아. 건물에 장식은 거의 없고 마룻바닥도 나무마루가 아니거든. 하지만 난 오히려 간소한 조형이 더 좋거든. 세련된 조형이라고 생각해."

"그럼, 그 저쪽 세계의 귀족 같은 주인은 별장을 누군가에게 팔았겠지? 아니면 단순히 빼앗겨 버린 걸까?"

"글쎄, 거기까지는 나도 잘 모르겠어. 여하튼 아무도 살고 있지 않고, 누구 한 사람 온 적도 없어. 분명 그 주인은 어딘가 먼 나라로 이사 간 거야. 나는 이런 폐허가 된 건물을 몇 개나 알고 있어. 예를 들면 저쪽 세계의 교회도 얼마 전부터 사용하지 않고 있어. 그도 그럴 것이 거의 무너져 버렸거든. 교회 종을 두드리는 것은 자신 있었지만 말야. 콩, 콩, 콩, 콩, 콩, 이렇게. 여러 가지 종이 매달려 있어서 정말 재미있어. 내가 종을 두드리고 있으면 대개는 신부님이 뛰어나와 무슨 일이 난 줄 알고 안절부절 못하지. 게다가 금색의 둥근 지붕도 좋은데 거기에는, 머물 곳이 없어서 눌러 살기는 힘들어."

"교회를 부수거나 저택의 주인이 없어졌거나 저쪽 세계에는 여전히 무슨 일이 또 있었겠지?"

"정말, 이 근처 숲에서도 최근엔 독수리를 볼 수 없게 되었지? 그 대신 언치새가 늘어났어."

"확실히 그래."

"독수리는 옛날부터 통치능력은 조금도 없었어. 그냥 예부터 내려오는 타성으로 풍채가 훌륭해 보여서 일단, 숲을 다스렸겠지만, 결국 따돌림 당한 언치새 무리가 찌르레기들을 부추겨서 독수리를 쫓아냈던 거야. 독수리는 역시 안돼. 살아갈 힘이 별로 없어. 언제나 사치스런 것만 먹고 뒹굴뒹굴하고만 있었으니까."

나는 새의 세계를 잘 몰랐기 때문에 콩새의 이야기를 제대로 이해할 수 없었다.

"그래서 저택 주인은 어떻게 됐을까?"

"응, 그래서 독수리 같은 신세가 되었지. 독수리와 같은 운명이라고 말해야겠지."

"아, 그렇구나. 독수리는 없어졌다지."

나는 이 이야기를 계속해도 별로 의미가 없다고 생각하고,

여하튼 그럭저럭 이해한 것으로 해두기로 했다. 그러나 콩새는 더욱더 말을 계속했다.

"본래 언치새도 마음에 안 들어. 언치새 무리는 다른 새를 위협하는 걸 좋아해. 머리털을 거꾸로 세우고 위협하지. 그 얼굴을 쳐다보면 소름이 오싹 끼쳐 버릴 정도라니까."

그런 콩새의 머리털도 조금 거꾸로 서 있었다.

"어쨌든 말야, 저쪽 세계가 이쪽 세계에 그림자를 비추는 것은 거절하겠어. 가령 그것이 좋은 것이라고 해도 말야. 아니, 저쪽 세계에 좋은 것 따윈 결국 있을 턱이 없으니까."

내가 세 잔째를 채워 주자, 콩새는 양쪽 날개로 컵을 쥐면서 부리를 쭉 내밀고 아니, 이미 내밀어져 있었지만, 후후-김을 불어 마시려고 했다.

"저쪽 무리들은 절대적인 것을 좋아하지. 절대적이고 유일한 것을 만들어 내서 그것이 진보라고 생각하고 있어. 절대적인 유일신을 창조해 내서 그것에 굶주리면 다른 절대신으로 바꾸지. 절대 유일한 것은 반드시 그것을 정점으로 한 히에라르키*를 수반하지. 신이 아니라도 사상이든 제도든 문화든 마찬가지야. 그저, 저쪽 세계의 일이니까, 될 대로 되라

* 히에라르키……독일의 피라미드형의 계층조직. 신분제도.

는 식이지만 곤란한 것은, 절대자의 우두머리를 갈아치울 때마다 이쪽에까지 여러 가지 여파가 미친다는 점과 쓸데없는 일들을 벌인다는 거야."

콩새는 어지간히 언치새들을 싫어하는구나 하고 나는 생각했다. 독수리가 없어지고 나면 그 다음에는 누가 숲을 다스릴까. 역시 언치새일까. 하지만 그 언치새라면, 스스로 모아 놓은 나무 열매 저장 장소조차 잊어버린다는데, 그런 무리에게 다스릴 힘이 있을까. 아니, 어쩌면 언치새들은 독수리를 쫓아낸 것뿐이고, 새로운 숲의 지배자는 아직 나타나지 않은 건지도 모른다.

"그럼, 콩새야."

"그런데, 얀."

우리들은 동시에 말을 꺼냈다.

"아, 무슨 말을 하려고?"

"응, 아니, 먼저 해."

그때 창문이 갑자기 밝게 빛났다. 뿌옇게 먼지가 낀 창유리로 겨우 보이는 하늘은 변함없이 엷은 구름에 파묻혀 있었지만, 서쪽 주변에는 아주 조금 파란 하늘이 보이고, 구름 사이로 한 줄기의 빛이 이쪽을 향해서 쏜살같이 내달렸다. 나도 콩새도, 창에서 보이는 아주 작은 한 조각의 하늘을 바라보았다.

　한참 지나 창에 빛나는 태양을 보고 있던 콩새는 우두커니 말했다.

　"빛은 유일하고 절대적인 것이지. 그것이 신이라고 해도 나는 굳이 부정하지 않겠어. 빛이 가진 에너지를 우리들 지상의 모든 생물은 그저 소비할 뿐이니까. 지상의 물도 공기도 순환을 반복하고 있지만, 빛에 대해서 우리들은 단지 누리고 있을 뿐이야. 빛은 식물을 기르고 식물은 유기물을 합성하고 우리 동물은 그것을 받아들이지. 결국 우리들은 빛의 에너지를 체내에 흡수해 활동하고 있는 셈이지. 그러나 우리들은 죽은 후에도 힘껏 노력하여 식물의 비료가 될 정도로 빛으로부터 받은 에너지를 되돌려주는 적은 없어."

　"하지만 박쥐는 동굴에 살기 때문에 빛의 혜택을 받을 수 없다고 생각하는데."

라고 내가 질문하자 콩새는 창 밖의 빛을 보고 있던 눈을 힐끗 이쪽으로 향하고,

　"박쥐는 분명 어두워지고 나면 활동을 하지만, 벌레를 먹는다는 것은 역시 곤충을 통해 빛을 흡수하는 것이 되지. 벌

레는 풀이나 잎을 먹으니까 말야."

"아, 그렇구나. 그러나 빛이 생명활동의 근원에 있는 것이지만, 빛이 없는 죽음의 세계라는 것은 역시 존재하겠지. 그러면 신, 결국 빛도 그 힘이 미치지 못하는 것이 존재하는 게 되지 않니?"

라고 내가 다시 묻자,

"얀, 신에 대한 환상을 품어서는 안돼. 모든 우주와 암흑의 공간을, 또 모든 개연성을 총괄하는 것이 신이라면, 그것은 우리 지상의 생물로부터는 너무너무 동떨어진 존재가 아닐까? 우리에게 있어서 신 따위라는 것은 고작해야, 여기저기 널려 있는 숲이나 연못이나 초원을 덮고 있는 것에 지나지 않아. 그것은 마치 온갖 세계의 신이 국가마다 다른 것과 같아. 신이 하는 일은 우리들 같은 작은 존재를 구워 내는 것이지. 신은 우리의 존재를 선명하게 구워 내는 빛이야. 우리들은 빛이 없으면 사물이나 우리들 자신을 보는 것이 불가능해져. 결국 빛이 없으면 우리들이 우리라는 것을 인식할 수 없으니까, 자기 반성적인 사고는 전혀 할 수 없게 되지. 그 결과, 스스로의 존재를 자각하지 않은 타락한 존재에 지나지 않게 돼. 그 말은, 우리들은 존재하지 않는다는 말이 아닐까?"

"그럼, 신이 없으면 우리도 없고, 우리가 없으면 신도 없다는 거야?"

나는 조금 생각에 도취되어 결론을 재촉했다.

"그런 사고방식은 위험해"라고 콩새는 힘을 주어 말했다. 어제와 마찬가지로 콩새에게 밖의 빛이 닿기 시작했다. 다만 오늘은 콩새의 등이 아니라, 조금 서 있는 머리털이 역광 속에서 황색으로 빛나 보였다.

"그런 사고방식의 앞부분은 옳지만 뒷부분은 조금 곤란해. 우리가 존재하지 않더라도 신은 분명 존재해. 예를 들면 내가 지금 막 흔적도 없이 소멸해 버렸다고 하자. 하지만 얀, 여전히 초원은 빛을 받아 빛나고 6월의 바람에 흔들리는 풀은 모두 파도처럼 출렁이고 그리고 뭔가 기분 좋은 꽃향기가 흩날려 와서 너는 그것을 독차지하면서 차를 마시고 있지 않을까? 그리고 어제 저녁에 쓴 시의 한 구절이 신경 쓰여 아아 역시, '추상'이 아니라 '추억'으로 할까라든가, '신록의 흰버드나무'를 '은색의 흰버드나무'로 고치고 있는 건 아닐까? 내가 없어도 여전히 세계는 존재하고 있어. 이것은 분명히 경험적인 판단에 지나지 않아. 그러나 그것으로 충분해."

"하지만 나는 만약 자신이 소멸한다면, 세계 전체도 존재하지 않게 된다는 기분이 들어. 예를 들면 자고 있을 때는 아무 것도 알 수 없게 되잖아. 주변에서 무슨 일이 일어난다고 해도 전혀 눈치 챌 수 없잖아. 이것도 콩새 네가 말한 대로 경험적인 판단에 지나지 않겠지만."

"그것은 얀 네가 단순히 숙면을 잘하는 부류이기 때문이야. 하지만 꿈을 꾸겠지. 누군가에게 쫓기는 꿈이라든가. 실례지만, 고양이과 친구들은 바로 잠드는가 보지? 때와 장소도 상관 않고 말야."

"아, 그러고 보니 어제는 썰매나 샹들리에나 빛나는 초원, 거기다 크리미아 해안의 꿈을 꾼 것 같은. 기분이 들어."

"무의식의 꿈속에 이 세계가 나타난다는 것은 너의 존재가 세계에 포함되어 있다는 증거가 아니겠어?"

"아, 과연. 단, 자신이 죽은 후에도 이 세계가 정말로 꿈속처럼 나타날지 어떨지, 이것은 경험적으로 아직 판단할 재료가 없어"라고 말하자 콩새는 갑자기 어쩐지 불쾌한 얼굴을 하고 입을 다물어 버렸다.

한참 있다가 콩새는 컵에 그려진 엷은 독수리머리 문양을 몇 번이고 날개로 문질렀다. 그리고 우두커니 말했다.

"얀, 너는 얼굴이나 체형에 비해서는 꽤 위험한 사고방식을 갖고 있는 것 같아."

나는 왜 이런 심각한 문제로 화제가 비약되어 버렸는지 알 수 없었다. 그래서 기분을 바꾸어 보려고 어젯밤 구운 양배추 피로그*를 가져왔다. 그것은 대성공이었다. 콩새는 갑자기 환희에 가득 찬 눈으로, 아무래도 참을 수 없었는지 열심히 먹기 시작했다.

"음, 정말 맛있네." 콩새가 남은 피로그에서 시선을 떼지 않고 말했기 때문에,

"괜찮으면 한 조각 더 줄까?"라고 권하자,

"아, 그래도 되겠니?"라고 콩새는 대답했다.

"이거 정말 맛있다. 음, 어쨌든 좋다." 콩새는 몇 번이나 같은 말을 반복했다.

"한 조각 더 먹지 않을래?"라고 또 권하자,

"이제 배가 너무 불러서 말야. 하지만 이건 정말 맛있는데!" 콩새는 반쯤 남은 피로그를 계속 쳐다보면서 말했다.

"괜찮으면 가져가"라고 내가 말하자, 콩새는 정말 기쁜 얼굴로 몇 번이나 감사를 표했다.

"고마워, 정말 고마워."

그리고 피로그를 기름종이에 싸서 주자, 콩새는 두어 걸음

* 피로그……고기나 야채. 과일을 안에 넣은 러시아풍 파이. 피로슈키보다 크다.

총총 뛰어서 숲 쪽을 향해 돌아갔다.

　나는 물어보지는 않았지만, 분명 피로그가 크고 무거워서 뛰기가 힘들었을 것이다. 아마 그런 걸음으로 우리 대화에 등장했던 저택까지 가기는 힘들 것 같아 조금 걱정이 되었다.

3. 남겨진 별장

며칠이 지나서 나는 콩새가 그려 주었던 지도의 종이쪽지를 들고 초원의 길을 걸어갔다.

콩새의 지도는 꽤 어려웠다. 예를 들면 '6월의 오전 10시의 태양을 등 뒤로 하고 오른쪽 45도 각도로 한 번 날아가면, 꼭대기가 썩은 전나무가 나타나고 그 앞쪽에 빛나는 작은 연못이 보이면 급강하해서 연못가에 버려진 오두막 지붕을 향한다' 라는 식으로 되어 있었다.

나는 하늘 높이 나는 것을 상상하면서, 지상의 길을 찾지 않으면 안 되었다. 어떤 때는 덤불 속으로 뛰어들고 어떤 때는 연못 습지에 발이 빠지기도 하면서, 콩새의 기하학적인, 혹은 좌표함수적인 길의 순서에 고민해야 했다.

이렇게 해서 겨우 산사나무의 하얀 꽃이 가득 피어 있는 썩은 울타리 옆에까지 왔다. 풀이 무성한 오솔길이 왼쪽으로 많이 구부러져 있고, 그 끝은 숲 속에 숨겨져 있었다.

밝은 낙엽수 잡목림의 길을, 신록의 투명한 녹음의 빛을 받으며 앞으로 나아가자 드디어 콩새의, 그래, 지금은 콩새의 저택이 된 곳 앞으로 나왔다. 콩새가 이야기한 대로 건물은 엷은 녹색 페인트로 칠해져 있었는데, 창틀이나 차양의 일부는 윤곽이 돋보이게 하려 했는지 곳곳이 하얗게 칠해져 있었다. 다가가 보니 페인트는 가는 곳마다 벗겨져 있고, 오랜 세월 비에 바랜 바깥벽은 희미한 회색으로 빛나고 있었다. 널빤지와 널빤지의 간격은 크게 벌어지고, 뒤로 젖혀진 테라스의 마루판은 훨씬 옛날에 못이 빠져 덜그덕거렸던 것처럼 보였다.

나는 곳곳에 발판이 빠져 버린 계단을 올라가, 테라스에 섰다.

아주 조금 높은 곳에 올라섰을 뿐인데 주변의 경치는 완전히 위엄을 띠고 있었다.──아아, 어쩐지 기분이 좋아질 것 같아. ──방금 지나왔던 잡목림의 신록과 산사나무의 관목대와, 그 끝의 초원과 또 숲의 연속이 손에 잡힐 듯이 보였다.

"어이, 얀, 찾아오는 데 힘들지는 않았니?" 느닷없이 나타난 콩새는 테라스와 응접실을 연결하는, 이제 거의 무너져 조금 열려 있는 것처럼 보이는 양쪽 여닫이문의 한쪽에서 얼굴을 내밀었다.

"그래, 꽤 헤맸었어. 습지에서 발이 진흙에 빠져 버려서."

"하지만 어떻게 길을 찾아왔어? 정말 대단하다."

콩새는 자신이 그려 준 지도는 까맣게 잊고, 이해할 수 없는 이야기를 했다.

"넌 정말 재능을 타고났어. 고양이과는 정말 코가 발달되어 있나 봐."

"그 지도는 항공도 같았어. 하지만 나는 비행사도 아니고, 게다가 컴퍼스도 갖고 있지 않았으니까"라고 내가 말을 마치기도 전에 콩새는,

"앗, 이거 참. 안돼. 안돼"라고 외치면서 방 안으로 멋지게 날아들어 갔다.

나도 문틈을 간신히 빠져 나가, 또 하나 있는 안쪽문──이 것도 경첩이 떨어져 덜렁거리는 상태였다──의 틈을 통해 겨우 실내로 들어갔다.

이 넓은 응접실은 유리가 대부분 깨져 없어진 창으로 둘러 싸여 있고, 높은 창으로부터는 빛이 가득히 스며들어 와, 실내 구석구석을 밝게 비춰 주고 있었다. 그리고 창에서 창으로 바람이 마음껏 빠져 나가, 그 바람이 실어다 주는 저택 주

변의 나무들 냄새로 가득했다. 더 놀란 것은 내가 지금까지 본 적도 없는 매우 고급스럽고 얌전한 실크 레이스 한 장이 창틀에 핀으로 고정되어 마치 더 이상 가벼운 것은 이 지상에 존재하지 않는 것처럼 바람에 하늘하늘 나부끼고 있었다.

의자에 관한 콩새의 묘사는 정확했다. 나는 어느 정도 망가지지 않은 의자를 찾아, 그런대로 걸터앉았다.

머리 훨씬 위에는 갈라진 샹들리에가 바람을 맞아 천천히 아주 천천히 흔들리고 있었다.

콩새는 후후– 하면서 돌아오더니,

"카샤*가 타 버렸지 뭐야"라고 굉장히 실망한 투로 나에게 말했다.

* 카샤……메밀 열매 등을 부드럽게 찐 것.

4. 어떤 전설

한참 후, 우리들은 윗덮개판에 커다란 균열이 나 있었지만 별로 울퉁불퉁하지 않은 책상 위에 그릇들을 늘어놓고 타다 만 카샤를 먹었다.

"콩새들도 이동을 하니?" 나는 전부터 한번 물어보고 싶었던 질문을 했다.

"물론." 콩새는 왠지 가슴을 펴고 대답했다.

"가을이 되면 더 남쪽으로 옮겨가지. 크리미아라든가. 소치 같은 데도 좋아. 온천일 때도 있어. 에센츠키라든가. 결국 북 카프카스야."

"그럼 추울 땐 남쪽으로 건너가고 더울 때는 북쪽으로 가는 거구나. 하지만 크리미아나 소치 같은 데는 일 년 내내 따뜻한 곳 아니니? 일부러 북쪽으로 돌아갈 필요가 있는 거니?"

"응, 말 그대로야. 좋은 곳이지. 하지만 아주 찌무룩하게 더운 느낌이 나는 때가 있어. 나는 기후에 대해서는 정말 신경이 쓰여. 뭐 그 중에는 이동을 그만둬 버리고 정착하는 녀석들도 생겨났지만. 나는 이동을 그만둘 수 없는 쪽이야. 시기가 되면, 어쩐지 이렇게, 몸속에서 저항할 수 없는 충동 같은 것이 일거든. 아아, 일단 남쪽으로든 북쪽으로든 가자. 가지 않으면 안 된다는 기분……"

"응, 나도 가끔 내 오두막을 떠나, 초원을 가로질러 커다란 개암나무가 서 있는 연못 근처에서 하룻밤 지낸 적도 있어. 벌렁 누워서 달빛 속이나 풀 사이에서 수면을 바라보는 거야. 그러고 있으면 기분이 꽤 좋아져."

"그것은 너의 시적 행동이고 내 경우는 본능적 행동이야. 새는 왜 이동을 할까. 그것은 내가 아까 떠들었던 기후 문제만이 아니야. 조류의 날개털이 포유류의 털보다 뒤떨어질 이유가 없어. 그런데도 포유류는 정착하고, 새는 왜 이동하는 걸까. 이상하단 말야."

"그렇게 말하니까 생각나는데 나는 어릴 때 거위 날개털 이불에서 잠을 잤어. 그건 정말 따뜻했었는데."

"이런 말이 전해 내려오지." 콩새는 어떤 전설을 이야기해 주었다.

——몬티새과 콩새족의 전설——

——아주 옛날, 그리스도 탄생을 거슬러 올라간 6000년. 석가가 태어나기 훨씬 더 옛날. 차라투스트라*가 태어난 것보다 더 옛날의 일. 시나이반도의 북쪽, 지중해와 요르단 지협을 양쪽에 둔 빛으로 가득 찬 온난한 땅. 수를 헤아릴 수 없을 정도의 과일이 일 년 내내 열매를 맺고, 동산에는 장미, 크로커스, 수선화, 포피가 흐드러지게 피어 온세계의 향기가 태어나는 땅 팔레스타인에 콩새족은 오랫동안 정말, 아주아주 행복하게 살고 있었다.

그곳에 어느 해 느닷없이, 정말 갑자기, 이스라엘새 한 무리가 어디로부터인지 모르게 춤추며 내려와서 "여기는 우리의 조상들이 위대한 신으로부터 약속으로 받은 땅이다. 신의 뜻에 거역하는 것은 있을 수 없는 일이니까, 너희들은 지금 당장 여기서 떠나라"라고 얼토당토않은 말을 꺼냈다.

콩새족은 자신들의 거처인 땅을 지키기 위해 싸웠지만, 이스라엘새는 큰미국새의 힘을 빌려, 콩새족의 대다수를 학살하고, 이 땅에서 쫓아내 버리는 데 성공했다. 이후, 콩새족은

---

* 차라투스트라……기원전 7세기 또는 더 옛날에 태어난 조로아스터교의 창시자.

50

재산도 집도 땅도 모두 잃고, 방랑의 생활을 견뎌내야 했다.
——

"그런 탓으로 우리들은 지금도 이동을 계속하지 않으면 안
되는 처지가 되었어. 결국 우리에게 남쪽은 동경의 낙원 팔
레스타인의 태양 빛을 찾아서, 북쪽은 침략과 학살의 공포에
서 도망치기 위해, 남쪽의 두려운 기억을 잊기 위해 있는 거
야. 우리가 이 북쪽과 남쪽의 딜레마 위에 서 있는 것이 전설
에서 유래한 이동의 본질이라는 설이 있어."

나는 콩새의 이야기에 맞장구칠 아무런 말도 없었다. 그리
고 생각했다. 콩새는 지배자나 권력자나 제멋대로 창조된 신
을 싫어한다는 것을 떠올렸다. 언치새를 싫어했었다. 저쪽 세
계의 신도 싫어했었다. 다만 빛이 절대적인 것이라고 굳게 믿
고 있었던 것은 왜였을까. 어쩌면 그 빛이 넘치는 땅 팔레스
타인에 대한 콩새족 특유의 동경이 빛에 신비감을, 아니, 신
을 느끼게 한 것일까.

넓은 공간을 건너는 바람이 한층 쓸쓸함을 더해 왔다. 레이
스 커튼의 찢어진 끝이 변함없이 하늘하늘 춤추고 있었다.
콩새는 법랑컵에 차를 따라 가져왔다. 두발로 뛸 때마다,

아슬아슬하게 차가 넘칠 것같이 되는 것이 이상했다.

이런 식으로 나와 콩새는 서로가 사는 곳을 왔다 갔다 하면서, 여러 가지 이야기를 했고 그렇게 여름을 맞이했다.
콩새는 여전히 틈새를 찾아서는 여기저기를 두드리고 돌아다녔다.

5. 물푸레나무풀

　낮의 덥고 훗훗한 열기의 기억이 겨우 엷어질 때쯤, 그래도 아직 밤이라고 하기엔 밝은 때, 나와 콩새는 개암나무 연못 근처의 풀숲에 앉아 있었다.

　조금 떨어진 곳에는 낮 동안 반짝반짝 잎을 빛내고 있던 서양버드나무가 어른스럽게 서 있었다.

　여름의 해질 무렵은 영원히 계속될 것처럼 여겨졌다.

　바람도 완전히 잔잔해지고 연못도 풀도 나무들도, 무엇 하나 소리를 내는 것은 없었다.

　"물푸레나무풀 냄새가 나지 않니?" 콩새가 말했다.

　"응, 나도 아까부터 느끼고 있었어." 나도 말했다.

　그리고 어느 정도 시간이 지났는지 확실히 모르겠지만, 연못 저쪽 끝의 숲 바로 위에 밝은 별이 떠올랐다.

　"물푸레나무풀 향기가 없어졌네."

"나는 아직도 냄새가 나는데?"

그리고 다시 한참 시간이 흐르고 희미한 바람이 연못에서 불어왔다.

바람은 점점, 확실히 일정한 간격을 두고 규칙적으로 불어오는 것처럼 느껴졌다.

이 황량한 바람 속에서 둘은 잠깐 동안 기분 좋게 졸다가 깨보니 어느샌가 하늘 전체가 별로 가득 채워져 있었다.

"초저녁달이 참 예쁘구나." 콩새가 말했다.

"나는 빛나는 것을 동경해 왔어. 사실 달처럼 단순한 빛은 그렇게 좋아하지는 않아. 저것 봐, 저 별 같은 푸른빛이나, 저쪽 별처럼 하얀빛도 좋아하지. 얀 너는 어때? 저것들 아름답지?"

"그래, 별은 아름답지만, 나는 눈이 별로 좋은 편이 아니라서, 아마 콩새 너만큼 선명하게 보이지는 않을 거야. 빛이 번져 버려서 뿌옇게 보이거든."

연못 수면에 잔물결이 퍼져 작은 고리가 점점 커져 갔다. 물가에 떠다니는 풀이 둥실둥실 물 위에서 흔들리고, 서양버드나무 잎이 소리도 없이 춤추고 있었다.

"정말? 저 별빛이 잘 보이지 않는다구?"

"응, 하지만 번져 보이긴 해도 무지개처럼 예쁜데."

"그렇지만 그거 유감이군. 정말 안됐어."

콩새는 몹시 유감스러웠지만, 나는 나름대로 만족하고 있었다. 나에게는 내가 보이는 이상의 것은 보이지 않으니까 콩새만큼 확실히 보이진 않았어도 그 정도로 중요한 일로는 생각되지 않았다. 콩새는 검은 테두리가 있는 눈으로 어떻게 보고 있을까, 나나 다른 누구도 결코 알 수는 없는 일이었다.

"저쪽 개암나무 위로 별이 달려갔어."

콩새가 말해 주었지만 나는 그 별을 찾을 수가 없었다.

"어, 또 지나갔어."

나는 콩새의 날개가 가리키는 쪽을 보며 꼼짝 않고 시선을 떼지 않았다.

어쩐지 별이 움직인 것처럼 보였다.

"유성무리야." 콩새는 혼자서 중얼거렸다.

나는 여전히 아무것도 보이지 않았다. 다만, 서로 마주 보고 있는 별들이 서로에게 손짓해서 만들어 내는 무지개 아치가 몇 겹으로 겹쳐져서 더욱 아름다웠다.

"다음에 만나면 너에게 별같이 빛나는 녀석을 줄게."

"그래, 고마워." 나는 아무 생각 없이, 별로 가득 찬 밤하늘을 올려다보며 대답했다.

6. 나폴레옹

8월도 끝에 가까워지자, 때때로 차가운 비가 숲이나 초원을 적시면서 재빠르게 지나가곤 했다. 그런 비에 쫓겨 가기라도 하듯이, 어느 날 콩새가 허둥지둥 내 집으로 날아 들어왔다.

"아, 춥다 추워. 이렇게 추워지면, 벽을 두드릴 기력도 없어지는데. 아참, 얀 너는 아직 페치카를 사용하지 않니? 이런이런, 땔감이 없나 보구나? 여유 있을 때 차곡차곡 모아두지 않으면 나중에 후회한다구. 거기 창쪽 구멍도 지금부터 슬슬 막는 게 좋겠구나. 마땅히 막을 만한 나무판이 없으면 이번에 내가 가져다줄 수도 있어. 아, 그리고, 이 주변의 마룻바닥 널빤지 틈으로도 찬바람이 쉬익쉬익- 들어올 거 같은데, 여기에는 뭔가 막을 것이 필요하겠는걸. 저 구석 벽판에도 틈이 생겼네. 저쪽은 북쪽이니까 더 추워지기 전에 빨리 손을 써야겠어. 게다가······"

콩새는 나보다도 이 오두막의 구조를 더 잘 알고 있었다.

"그런데 도대체 뭐지? 그 모양은 소름이 오싹 끼치는데. 마치 큰 고양이 괴물 같아. 완전히 베게모트 같아. 왜 어깨에 걸치고 있는 거야?"

"베게모트가 누구야?"

"모스크바에 있는 유명한 검은고양이*야. 정말 큰 녀석이지."

"나는 검은고양이는 아니야. 큰 편이라고는 생각하지만, 이건, 증조할아버지가 오랜 여행 끝에 느닷없이 돌아오셨을 때입고 있던 코트라고 해. 무겁고, 양 냄새가 조금 나긴 하지만, 어쨌든 이것을 걸치고 있으면 꽤 따뜻한 것은 틀림없어."

나는 조금 부끄러웠기 때문에 이 카프카스의 양가죽 코트 안에 머리를 숨겼다.

"그 차림으로 카프카스 춤을 춰보지 그래. 손을 가슴에 얹

<hr />

* 러시아 작가 불가코프의 소설 《거장과 마르가리타》에 등장하는 악마의 손 아래에서 짓궂은 장난을 좋아하는 악한, 인간만한 커다란 검은고양이 베게모트에 관한 것으로 추측됨. 그러나 이 소설이 실제로 쓰여진 것이 1930년대이고, 다시 출판된 것은 1966년이라는데, 어떻게 콩새는 베게모트라는 이름을 이미 알고 있었을까.

고, 얼굴을 조금 밖으로 향하고, 가슴을 펴고 천천히 천천히 도는 거야."

나는 처음에는 좀 창피했지만, 점점 기분이 좋아져 제멋대로 즐겁게 춤추어 보았다.

"야아, 멋져!" 콩새는 두 날개로 박수를 치며 기뻐했다.

조금 지나자 나는 완전히 땀에 젖어 코트를 벗고 차를 끓일 물을 올려 놓고 왔다. 벗어 놓은 코트가 내가 빠져 나온 그대로 서 있었기 때문에 지금 밖에서 막 들어온 사람이 있었다면 테이블을 둘러싸고 있는 세 개의 모습이 조금 이상하게 보였을 것이다.

독수리머리 문양의 컵에 차를 따랐을 때, 나는 콩새가 작은 어깨끈 가방을 메고 있다는 걸 그때 처음 알았다. 콩새는 가방을 늘어뜨린 채로 처음의 한 잔을 언제나처럼 받침접시에 옮겨 담고 나서 부리로 홀짝홀짝 마셨다.

"참, 설탕 넣는 것을 잊어버렸네." 그는 서둘러 설탕 네 스푼을 넣고, 섞지 않고 그대로 받침접시에 옮겨 두 모금째를 마셨다.

어쩐지 오늘의 콩새는 보통 때와 어조가 조금 달랐다. 의기양양하게 이야기를 시작하면 그칠 줄 모르던 입담도, 오늘은 조금 달리는가 싶더니 갑자기 멈추고 마는 러시아의 철도처럼 어딘가 내내 어색했다.

나는 어제 거의 하루 종일 만들어 낸 나폴레옹을 테이블 위에 자신 있게 내놓았다.

"우와! 이건 정말이지 대단한걸. 난 이런 케이크는 아주 먼 옛날에 세 번 정도밖에 먹어 본 적이 없어. 아니, 아니, 정말 놀랐는걸."

"뭘, 사실은 그저께 오랜만에 북쪽 숲에 들어갔을 때 문득 그쪽 방향에 나이가 지긋하신 곰 아저씨가 있는 걸 떠올렸어. 그래서 1년쯤 전에 분명히 지나갔던 길을 더듬어 찾아가 보니까, 역시 오두막 한 채가 우두커니 서 있었어. 곰 아저씨는 너무 반가워하면서 우유를 많이 나누어 주셨거든."

"그 곰 아저씨는 우유를 어디에서 구하셨대?" 콩새는 이상하다는 듯이 물었다.

"소를 한 마리 기르고 계시거든. 별로 살찐 녀석은 아니지만."

"그래서 이 우유를 가지고 크림을 만들었어. 파이 재료에는 보드카도 몇 방울 떨어뜨렸지."

나는 사뭇 진지한 표정으로 조금 잘난 체를 해보았다. 이 작품에는 정말 자신이 있었기 때문이다.

나이프로 세 번 지름을 자르니까 나폴레옹 타르트는 깔끔하게 6등분되었다.

콩새는 포크와 나이프를 바쁘게 움직이며 눈 깜짝할 사이에 한 조각을 뚝딱 해치웠다.

"나는 단것을 너무 좋아하거든"이라고 말하고 가운데의 네 조각을 지난번처럼 힐끗 쳐다보았다. 그리고 갑자기 말수가 늘어 보통 때의 어조로 되돌아왔다.

"이건 정말 맛있어. 키예프에 갔을 때도 이런 나폴레옹은 먹어 본 적이 없었어. 모스크바에서도 아마 맛볼 수 없을걸. 페테르부르크라면 있을 것 같지만. 거기에는 몇 군데인가 있다고 들었어. 초콜릿 케이크는 그 가게에서……"

콩새가 다양한 케이크의 몽상에 사로잡히면서 머릿속에서 여기저기를 날아다니고 있을 즈음, 나는 두번째 조각을 그릇에 담아 주었다.

"하지만 말야, 이게 제일 훌륭해." 콩새는 포크를 손에 쥐며 말했다.

파이 겉부분의 구수한 냄새가 공중에 흩어져 호두와 초콜릿 파편과 서로 뒤섞였다.

"뭐니 뭐니 해도 보드카가 가장 중요하지." 콩새는 정곡을 찔렀다.

어느 틈엔가 안개비는 그쳐 있었고, 어디서 풀냄새가 올라왔다.

창 밖이 갑자기 밝아졌다. 분명 여느 때처럼 밝아진 구름 사이로 태양 빛이 초원의 일부를 비추고 있을 것이다. 아까부터 포크와 나이프를 손에 쥐고서, 묘하게도 콩새는 좀처럼 두번째 조각을 먹으려고 하지 않았다.

"많이 먹어. 콩새야. 차도 더 줄게." 내가 말하자,

"응, 부탁할게"라고 다시 기운이 없어진 콩새는 말을 이었다.

"앞으로 한참 동안은 얀 네가 만들어 준 것을 먹을 수 없게 되어서 유감이야."

"무엇 때문에 그래?" 나는 콩새의 컵에 차를 따라 주면서 물었다.

물론 전혀 짐작할 수 없는 것은 아니었다. 8월도 끝에 가까워지면, 옛날부터 모든 세계의 무리들은 여름의 별장생활은 접어두고 마을로 돌아갔었다. 나도 그 정도쯤은 알고 있었다. 마찬가지로 이곳 세계에 있는 것들도, 아주 한참 동안 잊고 있었던 길고 긴, 모든 것을 여지없이 지배하는 그 무엇, 누구 하나 거역할 수 없는 장엄하고 존경스러운, 그래서 묘하

게 사람이 그리운 적도 있는 계절의 존재를 생각하게 할 때였으니까.

아니, 우리들은 이 계절을 한시도 잊은 적은 없다. 여름 동안, 방 한구석에 눈에 띄지 않도록 내던져져 있었을 뿐이다.

"여행의 계절이 찾아왔어. 이제 떠날 때야. 하지만, 가능하면 이번에는 떠나고 싶지 않아. 모처럼 얀과 친구가 되었으니까 말야."

"그럼, 여기 있어. 저 저택이 있으니까 추위 걱정은 안 해도 되지 않니? 거기서 겨울을 나면 되지 않을까?"

"응, 그건 충분히 생각했어. 하지만 저택에서 한 발짝도 나오지 않는다는 보장은 할 수 없으니까. 내 날개털로는 유감이지만 이곳의 겨울을 견뎌낼 수가 없어."

나는 콩새가 저택에서 한 걸음을 내딛자마자, 아니 정확하게는 두 발로 뛰어서 두 걸음 날아, 꽁꽁 얼어붙어 버린 모습을 상상했다.

"하루 종일 페치카 위에 올라가 있으면 어떨까?"

"저, 그 정도의 나뭇가지나 땔감 같은 건 도저히 모을 수가 없어. 그렇기는커녕 요즘에는 땔감으로 쓸 만한 건 눈을 씻고 찾아봐도 없던 걸. 저쪽 세계의 무리들이 모두 가져가 버렸기 때문이야. 너도 스스로를 조금은 걱정해야 할걸. 앞으로 어떻게 할 셈이야?"

"응, 나도 생각하고 있어. 그렇지만 만일의 경우에 대비해 양털 코트도 있으니까."

나는, 아까부터 함께 테이블에 둘러앉아 있으면서 한마디도 하지 않고 막연하게 놓여 있는 카프카스의 모피를 가리켰다.

"이런, 포유류는 너무 좋겠다." 콩새는 놀란 얼굴을 하고 있었다.

"앞으로, 내가 열심히 마른 나뭇가지를 찾아서, 너희 집에 가져다줄게. 그리고 추위가 더 심해지면 뜨거운 비츠 수프나 감자 수프 같은 건 매일 만드니까 가져다줄게. 그렇게 하면 밖에 한 발짝도 나오지 않아도 되잖아? 아참, 그보다 내가 왜 그 생각을 못했지? 우리 집에서 살면 되겠다, 겨울 동안에 말야"라고 나는 제안을 했다.

하지만 콩새는 말했다.

"얏, 정말 고마워. 하지만 나도 잘은 모르겠지만 어쩌면 겨울의 추위보다 더 강력하고 무서운 뭔가가 있을지도 모르잖아.

음, 언제였더라, 네가 내 지도를 보면서 우리 집에 처음으로 왔던 날이 있었지? 그때 이야기했었던 것 같아. 이건 시적 행동이 아니라 본능적 행동이라고.

이제 가지 않으면 안 된다는 기분에 늘 쫓겨 다녀야 할 거야. ──가지 않으면 안 된다──, ──나는 가야만 한다──,라고 매일 똑같은 말이 수십 번 머릿속에 떠올라 빙빙 소용돌이칠 거야. 그러다가 결국에는 나도 모르게 벌써 어딘가로 날고 있을지도 몰라. 상상의 세계에서 남쪽으로 남쪽으로, 숲이나 연못 호수와 강 그리고 초원과 교회의 탑, 농가, 전신주, 습지대와 반짝반짝 빛나는 큰 강이나 철도 선로, 밀과 귀리밭, 공장지대와 그리고 다시 초원과 황무지, 마른 해바라기밭이나 선로 위를 걷는 한 사람의 남자, 누구도 없는 황색의 역건물, 군용 트럭이 한 대만 지나갈 수 있는 일직선 도로나, 한 마리의 말이 어쩔 수 없이 서 있는 해안이나, 하루 한 대밖에 지나다니지 않는 철도 건널목 앞에서 양동이를 들고 뭔가를 기다리고 있는 빨간 플라토크*의 아주머니, 그리고 오른쪽 먼 서쪽 지평만이 붉게 타올라 그것도 바로 타 없어져 버려 깊고 어둡지만 매우 투명하며 짙은 감색의 하늘이 모든 것을 덮어 버리겠지. 그래, 밤이 찾아오는 거야. 나는 그래도 계속 날고 있겠지. 밤하늘을 날 때, 이 정도로 깊고 끝없

---

* 플라토크……러시아의 스카프.

는 고독은 없어. 정확히는 모르겠지만, 그것은 심해어의 고독과 같을지도 몰라. 별은 정말 확실한 빛으로 반짝거려 두려울 정도라구. 너무도 명료한 것은 반대로 두려운 법이지."

콩새는 이야기 속에서 분명히 날고 있었다.

나도 함께 하늘을 높이 날고 있는 기분이 들었다. 그리고 문득 나 자신으로 돌아왔을 때는 홍차가 차갑게 식어 있다는 걸 알았다.

"아참, 차를 다시 따라 줄게. 나폴레옹도 더 먹어 볼래?"

"그래 고마워." 콩새는 나폴레옹을 맛있게 먹기 시작했다.

갑자기 애달픔과 친근함이 섞인 뭐라 말할 수 없는 묘한 기분이 밀려왔다.

콩새는 나폴레옹을 깨끗이 먹어 치우고는 받침접시에 홍차를 옮겨 마지막 한 잔을 한 방울도 남기지 않고 마셨다.

그리고 매우 상쾌한 얼굴을 하고,

"난 내일 출발할 거야. 가기 전에 너희 집에 꼭 들를게. 오늘 나폴레옹은 정말 맛있었어. 내가 먹어 본 것 중에 가장 맛있는 나폴레옹이었다구. 그럼 내일 일찍 떠나야 하니까 이만 돌아갈게. 정말 고마워. 잘 먹었어."

콩새는 내내 어깨에 걸치고 있던 가방을 다시 여며서, 날개가 움직이기 쉽도록 했다.

"그러니? 그럼 내일 꼭 우리 집에 와야 한다. 그리고 만약 괜찮으면 남은 나폴레옹을 좀 가져갈래?"

"정말 안타깝게도 날면서는 먹을 수가 없어. 그리고 짐 같은 것도 들고 날 수가 없거든. 아무래도 장거리비행이 될 테니까. 하지만 정말 아쉬운데." 콩새는 검은 테두리가 있는 길쭉한 눈으로 물끄러미 세 조각난 나폴레옹을 훔쳐보았다.

콩새는 어깨에 멘 가방을 다시 여미고 엷고 어두운 하늘 저편으로 재빠르게 날아갔다.

방으로 돌아오자, 아까까지는 화려하게 주인공 역할을 연기하고 있던 나폴레옹이 어쩐지 너무 쓸쓸하게 남겨져 있었다. 그리고 독수리머리 문양이 그려진 하얀 컵에는 콩새가 넣은 설탕이 녹다 남아 굳어 있었다.

7. 유리 손잡이

다음날은 여느 때 같지 않게 아침 일찍 잠에서 깬 나는 조금 차가운 아침의 공기를 마시면서 아침 이슬 때문에 뿌옇게 된 초원과 숲 입구를 바라보았다.

몸이 축축해졌기 때문에 문을 닫고 사모바르의 물을 끓여 차를 마시기로 했다. 오늘은 콩새가 출발하는 날이라고 생각하니까, 스스로도 덩달아 이제부터 모험을 떠나는 기분이 들어 들떠 있었다.

한참 지나서 톡톡톡 하는 소리가 들려왔다. 나는 아차 싶어 바로 밖으로 뛰어나가 보았다.

콩새가 어제 그 멜빵가방을 메고 바깥벽을 두드리고 있었다.

"어, 콩새야 안녕? 이렇게 일찍 가는 거야?"

"그래 톡, 톡, 여하튼 톡, 먼 곳이니까. 해가 아직 톡, 톡,

있을 때 톡, 가능하면 톡톡톡, 시간을 벌어야 하거든."

"정말 그렇구나. 그럼 그렇게 두드리고 있지 말고, 차라도 한 잔 마시고 나서 출발하면 어떨까?"

"그래, 그게 좋겠다." 콩새는 깨끗이 두드리는 것을 단념하고 오두막으로 들어갔다.

우리들은 각자, 자기 컵으로 이른 아침의 차를 마셨다.

"어제 그 나폴레옹은 정말 훌륭했어. 당분간 먹을 수 없게 되었지만 말야"라고 콩새가 슬픈 듯이 말했기 때문에,

"응, 그러면 좀 먹고 갈래?" 나는 파이 껍질이 조금 딱딱해진 나폴레옹을 그릇에 얹어서 내왔다.

"아침부터 케이크라니, 어쩐지 사치스러운걸. 하지만, 맛있으니까 잘 먹을게." 콩새는 말하고 내가 내 포크를 찾고 있는 동안에 눈 깜짝할 사이에 먹어 버렸다.

"정말 정말 이건 아무리 먹어도 맛있어." 콩새가 마지막 남은 한 조각을 곁눈으로 힐끗 보았기 때문에 나는 한 조각을 더 그릇에 얹어 주었다.

아침 이슬이 사라질 때가 출발 시각이기도 했다. 하늘은 새파랗고 기온은 보통 때보다 높았다.

여름은 그냥 가기가 아쉬워 어딘가에서 지나는 길에 아주

잠깐 들르기로 한 것 같다.

"이렇게 따뜻하니까, 아직 떠나지 않아도 될 것 같은데 ……" 내가 말하자, 콩새는 뭔가를 생각해 낸 듯이 말했다.

"이런 일은 한 번 결심하고 바로 실행하지 않으면 오히려 시기를 놓쳐 버려서 성가시게 되어 버린다구. 장면을 뒤로 돌리면 오히려 위험해져."

콩새는 뭔가 떠오른 것처럼 말했다.

"그럼 여러 가지로 고마웠어. 내년 여름이 시작되면 아, 아니, 가능하면 봄에 돌아올게. 가능하면 빨리. 정말 고마워"라며 콩새는 날개를 내밀었다.

나는 매우 격식을 차려 콩새의 날개를 꼭 쥐었다.

"정말 조심해서 잘 다녀와. 무리를 해서는 안돼. 너무 많이 두드리는 것에 열중해서는 안돼."

"얀 너도 몸조심해. 빨리 나뭇가지 같은 걸 모아둬야 할거야. 그리고 방 안의 틈새도 잘 막아두고."

"그동안 정말 고마웠어. 이제 갈게"라고 말하기가 무섭게 콩새는 파닥파닥 날아 올라갔다.

날개를 엄청난 속도로 움직였기 때문에 마치 작은 포탄이 발사되는 것 같았다. 그것은 결국, 콩새의 꽁지날개가 새로서는 상당히 짧은 편이여서 그런 모양으로 보였을지도 모른다.

매나 독수리처럼 여유 있게 활강하는 날갯짓은 아니었다.

순간, 이 작은 포탄은 숲 입구의 자작나무 꼭대기에서 갑자기 멈춰 버렸다. 그리고 어깨에 멘 가방의 뚜껑을 열더니 안을 바스락바스락 뒤적거렸다.

내가——어어——하고 생각할 겨를도 없이, 콩새는 출발점으로 되돌아왔다.

"어제도 잊어버렸었어. 지금이라도 생각이 나서 다행이야." 콩새는 숨을 멈추면서 멜빵가방 안에서 작은 유리덩어리를 꺼냈다.

"이건 별처럼 빛나거든. 마음에 들면 너 가져."

"응? 고마워. 정말 예쁘게 빛나고 있네. 그런데 괜찮아? 중요한 거 아니야?"

"괜찮아. 네가 가져. 그럼 이제 정말로 간다. 잘 있어."

콩새는 아차 하는 순간에 이번에는 정말로, 하늘의 작고 작은 점이 되더니 결국에는 사라져 버렸다.

나는 이때 처음으로 하늘이 어마어마하게 크다는 것을 알았다.

파아란 하늘에 아무것도 남아 있지 않자, 자연 속으로 떨어진 내 시야에 보랏빛이 섞인 빨간 점이 흩어져 갔다. 그래, 그건 엉겅퀴꽃이었다.

나는 무의식적으로 손을 꽉 움켜쥐었다. 그리고 손바닥의 감촉이 콩새가 준 선물을 떠오르게 했다. 그것은 작은 오각형의 별모양을 한 서랍 손잡이 같았다. 유리로 만들어진 이 손잡이는 빛이 닿으면 무지개의 일곱색을 반사하며 반짝반짝 빛났다.

하지만 이것을 도대체 어디에다 붙이면 좋을까. 나는 난감해져서 방 안의 서랍에게 물어보기로 했다. 그렇다고 해도 서랍은 세 개밖엔 없었다. 책상에 하나, 부엌에 두 개 그것뿐이다. 나는 당연히 책상 서랍의 나무 손잡이에 먼저 눈을 돌렸다.

이렇게 콩새가 쾌청한 여행길에 오른 날 오후는, 책상 서랍 손잡이를 교환하는 것으로 시간을 낭비해 버렸다.

아무리 잡아 빼도 빠져 나오지 않는 지긋지긋한 나무 손잡이는 나무망치로 두들기고 있는 동안에 힘없이 똑 부러져 버렸다. 나는 끌을 사용해 빠진 부분을 어떻게든 잘 다듬고, 콩새가 준 손잡이를 갖다 대보았다. 역시 구멍 지름이 달랐다. 너무 큰 구멍은 이제 어떻게 할 수도 없었다. 한참 머리를 짜낸 끝에 나는 아교로 마무리하는 것에 성공했다. 만듦새는 아쉬운 대로 되었지만, 유감스럽게도 아교는 손잡이를 지탱할 힘이 없어서 결국 이날부터, 책상 서랍을 열 때는 틈새로 손을 넣어 여는 처지가 되어 버렸다. 그것도 귀찮아지자 서랍은 거의 사용하지 않는 것을 넣어 놓는 수납장 역할만 할 뿐이었다.

단, 유리 손잡이는 햇빛이 비치면 갑자기 거기에 별이 나타난 것처럼 빛났다. 나는 그 유리 손잡이가 매우 마음에 들었다.

8. 도나우 강의 잔물결

콩새가 여행을 떠난 후, 내 생활에 그렇다 할 커다란 변화는 일어나지 않았다.

여느 해보다 빨리 마른 나뭇가지들을 모으기 시작한 것은, 변화 속에는 포함되지 않는다고 생각한다.

또 "차나 마실까"라든가 "보드카에 나도국수나무 잎을 넣어야 해"라고 혼잣말을 중얼거리고 있는 자신을 발견했을 때도 그만큼 큰 변화라고는 생각하지 않았다.

콩새가 오기 전처럼 차를 마시면서, 먼지가 끼여 바깥이 잘 보이지 않는 유리창으로 아주 조금 내다보이는 초원에 핀 빨간 엉겅퀴꽃을 쳐다보며 하루하루를 그렇게 보냈다. 그리고 외풍이 들어오지 않도록 마룻바닥에 틈이 생긴 곳을 막아두는 일을 하거나, 방구석 벽의 틈새도 막아두었다. 구멍이 뚫린 창틀의 한 부분에는 콩새가 가져다준 널빤지로 간신히 못을 박아 붙였다. 그리고⋯⋯. 그리고⋯⋯.

아무것도 할 일이 없어졌을 때, 나는 뭐라 표현할 수 없는 고독감에 사로잡혔다. 그것은 이 한여름 동안, 새까맣게 잊고 지냈던 감정이었다.

숲 입구에 서 있는 자작나무 근처까지 온 나는 오늘은 북쪽 숲으로 가보기로 결심했다.

지난번의 기억을 더듬어 가보니 이번에는 당연한 듯이 곰 아저씨의 오두막이 나왔다.

오두막 문 앞에 다다르자, 안에서 오래된 왈츠가 흘러나왔다. 문을 두드리자, 나이가 지긋하신 곰 아저씨가,

"어이 얀, 어서 들어오너라" 하고 맞이해 주었다.

어떻게 내가 온 줄 아셨는지 이상했지만, 레코드에서 흘러나오는 정겨운 선율에 마음을 빼앗겨 그런 것도 물어볼 생각조차 할 수 없었다.

"이건 무슨 왈츠예요?" 내가 물어보니, 곰 아저씨는 친절히 대답해 주었다.

"어디 보자, 이바노비치 작곡의 〈드니에플의 잔물결〉* 이었지 아마." 때때로 축음기의 바늘이 레코드의 가느다란 틈에 걸려 같은 소절이 반복되기도 했다.

"따뜻한 느낌의 곡이군요"라고 내가 말하자, 곰 아저씨는 또 말했다.

"그렇단다. 옛날, 아주 옛날 곡이지."

그때 문득 닭 한 마리가 문이 조금 열린 틈으로 파드득 뛰어들어와 마루에서 꼬꼬댁 꼬꼬댁 울어대면서 우리들 앞을 종종걸음으로 지나 열린 창문을 뛰어넘어 다시 밖으로 날아갔다.

"아저씨네 닭은 기분이 좋아 보이네요."

"그렇지? 달걀도 잘 낳아 준단다. 그래, 달걀을 좀 가져가렴. 우유도 줄까?"

돌아오는 길에, 내 기분은 콩새가 떠난 후 정말 오랜만에 상쾌함을 되찾았다.

---

* 드니에플의 잔물결……이바노비치 곡에 〈드니에플의 잔물결〉이라는 것은 없을 것이다. 이것은 분명 〈도나우 강의 잔물결〉을 잘못 안 것이라고 생각된다.

9. 왈츠 프랑수아

뙤약볕이 내리쬐는 여름은 훨씬 전에 지나갔다. 차가운 비가 며칠이나 계속되며 가을은 단숨에 그 깊이를 더해 갔다.

나는 나름대로 혹독한 겨울에 대비해 준비를 해나갔다. 숲에 들어가 버섯을 따고 밤과 개암나무 열매를 줍고 마른 나뭇가지들을 모았다.

날씨가 어느 정도 좋아지면, 바깥벽의 틈새를 널빤지로 막거나 지붕을 새것으로 바꾸기도 했다. 지붕에서 사다리를 타고 두세 칸 내려왔을 때, 벽에 가느다란 쐐기 모양의 흔적이 여러 군데 남아 있는 것을 보았다. 나는 깜짝 놀라 한 손으로 사다리를 붙잡으면서 되돌아보고, 등 뒤에 펼쳐진 하늘을 보았다. 하늘은 무럭무럭 커져서 더할 나위 없이 기분 좋게 구름과 놀고 있었다. 나는 다른 한 손에 쥐고 있던 나무망치로 벽을 가만히 두드려 보았다.

벽은 톡톡– 하고 대답했다. 그리고 다시 가만히 두드리자, 톡톡– 하는 울림이 초원과 근처 숲의 나무들에 메아리치면서 다시 민 숲 속에까지 아득히 퍼져가는 것 같았다.

나는 계속해서 한참 동안 두드렸다.

여름이 아무리 찬란했어도 한없이 투명하고 멋진 가을날에 대해서도 말하지 않으면 가을에게 불공평하다고 생각한다. 쾌청한 가을의 어느 날, 나는 작은 봉지를 들고 연못으로 향했다.

초원의 길은 날카로운 가시를 가진 엉겅퀴꽃과 꿈처럼 떠오른 송충풀로 가득했다.

연못에 도착하자 저편에 보이는 개암나무는 완전히 노랗게 물들어 있었다. 나는 연못을 왼쪽으로 돌면서 반을 돌아 개암나무 아래로 나왔다.

개암나무 열매를 봉지 가득 주워 담은 후에, 나무 아래에 한가로이 누웠다. 연못의 물은 줄어들고 있었고, 물가의 진흙층이 넓어져 있었다. 건조한 풀은 완전히 생기를 잃어 부러져 있거나 넘어지거나 말라 있는 것도 있었다. 어차피 겨울이 되면 모두 말라 버릴 것이라고 애초부터 포기하고 있는 것처럼도 보였다.

연못의 수면으로 튀어나온 작은 말뚝 위에는 피곤해 지친 잠자리 한 마리가 간신히 매달려 있었다. 바람이 불자, 그 잠자리도 어딘가로 사라져 가고 황새풀이 자꾸만 옆으로 휘어졌다.

영원으로 이어질 것 같은 여름 어느 날 해질 무렵의 기억이 되살아나기 전에 나는 개암나무 열매로 터질 듯한 봉지를 들고 연못에 작별 인사를 했다.

털에 귀찮게 달라붙은 색색의 홀씨들을 무시하고 초원을 가로질러 숲으로 들어갔다.

숲 속 길을 부리나케 걸어 나가 때때로 나타나는 빈 지대를 다시 가로질러 북쪽 숲으로 들어갔다.

이윽고 숲에 다다르자, 숲 속에서 오래된 왈츠가 띄엄띄엄 들려오고 더 걸어가니 곰 아저씨의 오두막이 나왔다.

문 앞까지 오자 아직 노크도 하지 않았는데, 안에서 목소리가 들렸다.

"어이, 얀, 어서 오너라."

레코드에서 흘러나오는 왈츠는 어딘에선가 들은 것 같은 선율이었지만, 역시 내가 모르는 곡이었다. 몹시 취한 군악대가 흐느적흐느적 행진하면서 연주하는 것처럼 들렸다.

"오래된 왈츠군요." 나는 문을 열면서 말했다.

"그렇단다. 아주 옛날 곡이지." 곰 아저씨는 대답했다.

"무슨 곡이죠?"

"어디 보자…… 이건." 곰 아저씨는 잘 생각이 나지 않는지 어쩔 수 없이 레코드를 멈추고 검은 락카가 칠해진 판의 빨간 라벨을 들여다보고 있었다.

"왈츠, 왈츠……" 그 다음을 읽을 수 없어서 아저씨는 렌즈에 파란색이 약간 들어간 둥근 안경을 끼고는 가르쳐 주었다.

"왈츠 프랑수아, 칼라신스키* 작이로구나."

곰 아저씨가 다시 레코드를 틀려고 했을 때, 느닷없이 닭이 조금 열린 문을 열고 실내로 뛰어 들어와 닫힌 창문을 기운차게 열고 허둥지둥 날갯짓을 하며 나갔다.

"얀, 너는 언제나 문을 꼭 닫지 않는구나. 저, 달걀 좀 가져갈 테냐? 우유도 좀 줄까?" 곰 아저씨는 친절하게 말해 주고는 달걀과 우유를 가지러 방을 나갔다.

나는 다시 한 번 잠시 왈츠 프랑수아를 틀어 보았다. 그 김

---

* 칼라신스키 작 〈왈츠 프랑수아〉……폴란드의 극작가 칸틀의 〈죽음의 교실〉에 사용된 곡.

에 먼지가 조금 쌓인 책상 위에 놓여 있는 아저씨의 파랗고 둥근 안경을 잠깐 빌려서 껴보았다. 그랬더니 이상하게도 렌즈라고 생각했던 것은 그냥 유리이고, 도수는 전혀 들어 있지 않았다. 나는 바로 앞에 있던 세면대 위에 걸려 있는 커다란 거울 조각에 얼굴을 비춰 보았다. 그러자, 뒤에서 곰 아저씨가 들어와,

"얏, 그렇게 하고 있으니까 마치 젊은 테러리스트 같은데"

라고 말하며 웃었다.

헤어질 때, 나이 지긋하신 곰 아저씨는 말했다.

"올해는 아무래도 겨울잠을 일찍 자야겠다. 몸이 조금 안 좋아서 말야."

돌아오는 길에 내 봉지에는 개암나무 열매 대신, 언제나 생기 넘치는 닭이 낳아 준 달걀과 야윈 소의 우유가 들어 있었다.

10. 산사나무 열매

가을도 깊어지자 지상의 생물들은 점점 찾아보기 힘들어
졌다.

마른 낙엽이 쌓인 혼합림 속을 불만에 가득 차 투덜거리며
뒤뚱뒤뚱 걷는 메추라기의 엉덩이라든가, 도토리가 숨어 있
는 곳을 까맣게 잊어버려서 식은땀을 흘리면서 찾아 헤매는
다람쥐가 간간이 눈에 띌 정도였다.

잘난 체하던 언치새들은 왠지 별로 보이지 않았다. 나는 항
상 다녀서 익숙해진 길을 따라 콩새의 저택으로 향했다.

꼭대기가 말라 버린 커다란 전나무를 지나가면 작은 연못
근처에 세워진, 버려진 오두막이 나왔다. 언제부터인지 누구
한 사람 살지 않고, 비바람이나 눈에 벗겨지고 닳아빠진 벽
은, 썩는 것도 잊은 채 오히려 더 반들반들 빛나서 두드리면
건조하고 텅 빈 소리가 났다.

내가 잠시 동안, 여기서 벽을 두드리고 있자니 바람도 없는데 왠지 연못에 파문이 일어 큰 원을 그리며 퍼져 갔다.

울타리 앞의 산사나무 수풀에는 빨간 석류석* 같은 열매가 가득 달려 있었다.

나는 그 열매를 조금 따서 몇 개 남지 않은 낙엽이 맑게·트여 파랗고 슬픈 가을 하늘에 흩어져 있는 잡목림 오솔길로 들어갔다. 바스락바스락 나뭇잎 부딪치는 소리가 들리는 잡목림 오솔길은 언제 와도 근사한 곳이었다. 그리고 여름에는 나뭇잎들에 가려져 숲을 빠져 나가기 직전에 재빨리 시야로 뛰어 들어오는 엷은 녹색의 저택도, 오늘은 아득한 저쪽에 확실히 바라보였다.

저택 바로 앞에 다다르자, 갑자기 바람이 불어와 마른 잎이 반짝반짝 빛나면서 테라스 위에 차례로 춤추며 내려왔다. 더 높이 춤추며 날아올라간 나뭇잎은 갑자기 멈춘 바람의 심술로, 어쩔 수 없이 내 어깨나 머리 위에 천천히 떨어져 내렸다.

저택의 겉모습은 어디에 비할 데 없이 쓸쓸했는데, 그것은

---

* 석류석……garnet. 진홍색의 보석으로 1월의 탄생석. 우미 · 견실 · 승리를 뜻함.

콩새가 없다는 사실이 만들어 낸 인상이어서 그것을 모르는 누군가가 보았다면, 틀림없이 겨울을 앞두고 있는 고고한 존재라고 생각했을 것이다. 그만큼 이 가을의 별장은, 어느 때보다도 장엄한 모습을 과시하고 있었다.

나는 어깨에 춤추며 내려온 노란 견장과, 어느 틈엔가 가슴에 달라붙어 있는 세련된 짙은 적색의 훈장으로 몸을 치장하고 사이사이가 빠져 버린 계단 발판으로 올라갔다. 테라스에는 마른 낙엽이 수북이 쌓여 있고, 여기저기에 도토리도 흩어져 있었다.

테라스 위에서 오늘 이날의 경치를 본 사람은 누구라도 기쁨으로 가득 찼을 것이다. 단 하루의 인생을 허락받은 사람은 틀림없이 오늘 하루를 선택할 것이다. 잡목림에 남아 있는 노란 단풍이 깜박깜박 점멸하는 저 끝, 아득히 먼 초원이 황금색으로 빛을 반사하며 내 눈을 따갑게 쪼았다. 그런데 갑자기, 이번에는 강한 바람이 불어와 잡목림에서 우르르 날아온 마른 낙엽이 춤추며 내려와서 아까 그 견장과 훈장도 어느 것이 어느 것인지 이미 분간할 수 없게 되었다. 나는 한 번 뒤돌아보고 문으로 향했다. 콩새는 착실하고 꼼꼼하게, 부서진 문쪽에 널빤지를 잘 대어 놓았다. 하지만 그 널빤지에 손

을 대자 아주 쉽게 떨어져 나갔다. 못이 거의 박혀 있지 않았던 것 같았다. 그리고 여전히 경첩이 떨어져 있는 안쪽 문을 살짝 빠져 나와 응접실로 들어갔다.

유리가 빠져 구멍이 난 창문은 널빤지로 촘촘히 막혀서 실내에 스며들어오는 빛은 여름의 반 정도밖에는 되지 않았다. 그렇지만 그 빛은 거실 안쪽까지 비추고 있었기 때문에 모든 것은 선명하게 보였다.

그 고급스런 레이스 천은 핀으로 고정된 채로 오랫동안 바람에 나부끼지도 않고 얌전히 드리워져 있었다. 나는 레이스가 있는 창문을 맨 먼저 열어 놓았다. 쉬이익 차가운 바람이 마른 낙엽 몇 장을 이끌고 순식간에 문을 빠져 나가자, 남겨진 노란 단풍은 샹들리에 주변을 한 바퀴 돌고 나서 큼지막하고 하얀 천을 뒤집어쓴 서가 위에 흩어졌다.

나는 아까 전부터 쥐고 있던 산사나무의 빨간 열매 몇 개를 가만히 그 잎들 옆에 흩어 놓았다.

부서진 의자나 멀쩡한 몇 개의 의자도 모두 하얀 천으로 뒤덮여 있었다.

나는 앉는 부분을 잘 확인하고 그 중 하나에 앉았다.

레이스는 가끔씩 나부끼고, 그 호흡에 따라 방은 숨쉬기를 반복하는 것처럼 보였다. 그냥 한여름의 녹음이 우거진 잎을 요술처럼 보여주었을 때에 비해 이 계절의 레이스는 약간 으스스 추워 보이긴 했지만.

샹들리에를 바닥에 내려놓고 남은 천을 한 장 걸치고 별장을 나왔을 때는 벌써 주변이 어둑어둑해지기 시작한 때였다.

나는 빠른 걸음으로 길을 재촉해, 아까 지나왔던 연못으로 나왔다. 그때 아직 손에 쥐고 있던 산사나무 열매 네 개를 하늘 높이 내던졌다. 어슴푸레하고 푸르스름한 빛이 남아 있는 하늘에 붉은 점이 네 개, 한순간 그것들이 공중에서 멈춘 것처럼 보인 다음 순간, 연못 물 속으로 소리도 없이 차례차례 사라져 갔다.

이 연못에 물이 가득 채워져 있는 것도 그리 먼 일은 아닐 것이다.

11. 겨울

그토록 마음의 준비를 하고 어떤 의미에서는 학수고대해
왔던 계절도, 막상 그때가 찾아오자, 이제는 완전히 익숙해
져 즐길 여유마저 가질 정도가 되었다.

나는 카프카스의 모피를 입고 땅 끝까지라도 이어질 것 같
은 설원을 뒤로 하며, 아득히 먼 저편에 연기처럼 피어오른
회색의 숲을 향해 한발 한발 펠트부츠의 발자국을 내며 걸어
갔다.

숲에 들어가면 바람은 가로막혀서 추위는 참고 견딜 만하지
만 곳곳에 깊이 쌓인 눈에 발이 푹푹 빠졌다. 바람이 불어 심
하게 흔들렸던 전나무의 늘어진 가지에서, 눈가루가 날아 흩
어졌다. 아스트라한의 모피모자는 온통 눈으로 화장을 하고
내 눈썹에도 육각형의 결정이 빛나고 있었다. 숲은 아주 고요
해져서 눈을 양쪽으로 밀어 헤치는 내 발소리에도, 종비나무

꼭대기에서 낙하하는 커다란 눈덩이가 도중의 가지와 가지에 서로 부딪혀 만들어 내는 커다란 울림에도 무엇 하나 대답하는 것은 없었다.

나는 아무 말 없이 나이 지긋하신 곰 아저씨의 오두막 문을 밀어젖혔다.

언제나 오래된 왈츠를 연주하고 있던 축음기 대신에 오늘은 곰 아저씨의 코 고는 소리가 3박자로 커다랗게 흐르고 있었다. 엷은 먼지를 뒤집어쓴 책상 위에는 WALTZ의 마크가 찍힌 양철 캔 연장통, 역시 WALTZ라고 로고가 찍힌 성냥갑이 어질러져 있었다. 작은 유리잔에는 보드카가 아주 조금 남아 있고, 병은 물론 비어 있었다.

나는 겨울 동안, 가끔 와서 소 돌보는 일을 부탁받았었기 때문에 부엌을 가로질러 헛간으로 들어갔다. 여전히 야윈 소는 입을 질겅질겅 움직이면서 어쩐지 수상쩍은 얼굴을 하고 나를 맞이했다. 소 돌보기와 헛간 청소가 끝나고 방으로 돌아오자, 곰 아저씨는 아직도 졸린 얼굴을 하고 의자에 걸터앉아 있었다.

"아, 얀 고맙구나. 눈 속을 오느라 힘들지 않았니?"

아저씨는 눈을 비비면서 둥글고 파란 안경을 끼려고 했다.

그때, 왠지 겨울에조차도 생기를 잃지 않는 닭이 문을 열고 뛰어 들어왔다. 그리고 날갯죽지에 붙은 눈을 파드닥거려 떨어내고는 황급히 부엌으로 빠져 나가 소가 있는 헛간으로 뛰어 들어갔다. 헛간에는 모처럼 좋았던 기분을 망친 야윈 소의 고함 소리와, 눈 위에서 파닥파닥 날갯짓하며 돌아다니는 닭의 발소리가 숲 속에 울려 퍼졌다. 나는 운 나쁘게도 아까 청소를 마친 헛간 안에서 기분을 망친 소와 함께, 흩어진 건초를 한곳으로 치우고 다시 청소하는 처지가 되었다.

방으로 돌아오자, 곰 아저씨는 둥근 안경을 벗고 말했다.

"얀 정말 미안하구나. 저, 달걀과 우유를 줄 테니 가져가도록 하렴. 나는 좀 더 자야겠다." 그리고는 침대로 들어가 버렸다.

나는 그 소한테서 우유를 짜내는 것은 무엇보다 싫었기 때문에 달걀만 받아서 오두막을 뒤로 하고 길을 떠났다.

눈길은 너무 추워서 펠트부츠 속에까지 한기가 스며들었고 내 부드러운 발은 꽁꽁 얼어붙었다. 추위로부터 도망치려고 열심히 발을 바꿔가며 움직였다. 그때마다 당황한 발은 여기저기 쌓인 눈에 쑥쑥 빠지고 그때마다 나는 앞으로 푹푹 꼬꾸라졌다.

이런 고통 속에서, 곰 아저씨의 코 고는 소리는 도대체 무슨 왈츠였는지 신경이 쓰여서 참을 수가 없었다. 〈왈츠 프랑수아〉였을까 아니면 〈드니에플의 잔물결〉이었을까. 혹은 또 다른 왈츠였는지도 모르겠다.

이렇게 마음을 달래면서 나는 어떻게든 내 오두막이 보이는 숲 가장자리로 돌아왔다.

새하얀 눈빛 속에서 보는 내 오두막은 검고 작은 덩어리에 지나지 않았다.

12. 오긴스키의 폴로네즈

겨울에 남겨진 자들에게는 묘한 연대감 같은 것이 존재하고 있다.

어차피 사냥감은 없을 거라는 걸 모두 알고 있으면서도 미련이 남아 어슬렁거리며 돌아다니는 여우나, 귀찮으니까 올해는 이동을 포기하자고 생각하고 따뜻한 곳을 찾아 변함없이 헤매며 아까 그 여우에게 쫓겨 다니면서도 나는 것은 귀찮아서 달려 도망치려고 하는 어이없는 메추라기라든가. 내가 곰 아저씨의 오두막에 가기 위해 아침에 나와서 저녁에 돌아오는 동안, 숲 입구의 똑같은 자작나무 꼭대기에 머물러 전혀 움직이지 않고 있는 검은뇌조라든가.

요컨대 별로 꼼꼼하지 않은 게으른 녀석들만 있었지만. 서로 인사를 할 정도의 사이는 아니어도 이 과혹하지만 순수한 세계를 있는 그대로 받아들이며 지내는 것으로서, 각각 멀리 떨어진 거리에서 은밀하게 존경의 시선을 보내고 있었다.

그러나 한때 종일 눈보라가 불어 닥치고, 바람이 더욱 세차게 으르렁거리며, 눈이 집을 덮을 것 같은 밤에는 이런 은밀한 연대감마저 무참하게 찢겨나가 버리고 말았다.

이 매서운 날씨에 얼어붙은 영혼들과 이런 날씨 속에서도 비약하는 영혼을, 나는 시로 그리는 것은 할 수 없고, 그저 깊고 고독한 눈 쌓인 세계로 잠겨 들어갔다.

지나가 버린 시간의 흐름과, 앞으로 찾아올 미래의 시간의 흐름이, 금방이라도 무너질 것 같은 작은 오두막 밖에서 서로 부딪치면 한쪽이 비명을 지르며 외쳤다.

"이것으로 끝이다. 두 번 다시 만나고 싶지 않아!"

그러자, 내 귀에서 으르렁 소리를 내는 눈보라는 멀어지고 고요함을 되찾은 실내에서는 램프 불이 희미한 은색의 사모바르와 받침접시와 스푼과 차를 마시던 유리잔, 굳어 버린 빵조각, 그리고 식탁보에 난 몇 개의 얼룩을 은은하게 비춰 주고 있었다.

내 영혼은 현재를 떠돌아다니며 과거의 어느 것 하나 떠올리지 않고, 미래의 어느 것도 소망한 적이 없었다.

바로 그 옛날에 시작된 새로운 세기가, 열여덟 번째의 신년을 맞이하고 혼자 들떠서 떠들고 있을 무렵, 나는 다시 곰 아저씨의 오두막으로 갈 채비를 했다.

눈은 딱딱하게 얼어 있어서 생각보다 수월하게 오두막에 도착할 수 있었다.

오두막 문은 조금 열려 있고, 굴뚝에선 연기가 피어올랐다.

내가 노크도 하지 않고 안으로 들어가자, 닭이 축음기 바늘을 막 올려놓으려 하고 있었다.

"안녕하세요." 나는 말을 건넸지만, 곰 아저씨는 집에 안 계시는지, 침대도 텅 비어 있었다.

닭은 나에게 눈길도 주지 않고 회전하는 레코드를 바라보고 있었다. 페치카에는 불이 지펴져 있어서 나는 한숨 돌릴 수 있었다. 나팔 같은 스피커에서 흘러나오는 희미한 피아노 소리는 처량한 폴로네즈 같았다.

"이건 무슨 폴로네즈일까?" 내가 중얼거리자, 거기에 대답이라도 하듯이 코를 쥐고 말하는 것 같은 고음으로 닭이 외쳤다.

"오긴스키. 오긴스키."

그때, 밖에서 곰 아저씨가 파랗고 둥근 안경을 끼고 돌아오셨다. 아저씨는 언제나처럼 건강해 보였다.

"이런, 오긴스키의 폴로네즈*인가. 아, 얀, 새해의 축복 인사를 받으렴." 아저씨는 나를 꼬옥 끌어안아 주셨다.

나도 "아저씨두 새해 복 많이 받으세요"라고 소박하게 인사했다.

"이건 무슨 곡이에요?"

"그래 이건, 폴란드의 오긴스키 공의 폴로네즈구나."

"오래된 곡인가요?"

"그렇단다, 아주 옛날 곡이란다."

어쩐지 닭은, 조금 열린 문의 틈새로 급히 밖으로 달려나가 버렸다. 나는 닭이 헛간으로 들어가지 않았다는 것에 감사했다.

"이 나이가 되면, 겨울잠 자는 동안에도 이따금 깨어나서 어쩔 수가 없단다. 그런데 너는 이 겨울을 그럭저럭 잘 보내는 것 같구나. 아직도 겨울은 조금 더 남아 있지."

"먹을 것과 땔감은 그런대로 준비된 것 같은데요. 단, ……"
나는 크리스마스 전의 눈보라치는 밤에 과거와 미래를 잃어버린 깊은 고독에 잠겼던 이야기를 해주었다.

---

* 오긴스키의 폴로네즈……드라마틱한 생애를 보냈던 폴란드의 오긴스키 공작(1765~1833) 작곡의 유명한 곡. 〈조국에 대한 이별〉이라고도 불리며 안제이 바이다의 영화 〈재와 다이아몬드〉에 사용되었다.

"어디에도 비유할 데 없는 쓸쓸함과 고독감에 사로잡혔을 땐 어떻게 하면 좋을까요?" 나는 곰 아저씨에게 물었다.

"이런이런, 또 우리 얀에게 우울함이 찾아왔구나. 그렇다면 이유는 간단한 거지. 얀, 너는 무신론자잖아."

"하지만 저는 아무래도 신이 있다고는 생각할 수 없지만, 없다고도 딱 잘라 말할 수도 없는 것 같아요."

"음, 그건 여러 가지 어려운 이론들을 머릿속으로만 생각하기 때문이 아닐까. 신은 너에게 가까운 곳 그리고 네 안에 있어. 봄의 새싹이나, 여름의 잡초, 가을의 도토리 한 알 한 알에도 눈의 결정에도 타 버린 불꽃 속에도 아까 그 닭의 심장에도 얀 너에게도, 그리고 머지않아 불려가게 될 이 늙은 곰에게조차도 분명히 있어."

"네, 그걸 확실히 느끼시나요?"

"그래, 물론이지."

"유감스럽게도 저는 아무것도 느낄 수가 없어요."

"그런 것은 없어. 얀, 너는 아까, 눈보라치는 밤에 절망적인 고독감에 휩싸였었다고 말하지 않았니? 그것은 네가 감수성이 뛰어나다는 증거이기도 해. 너는 무서울 정도의 고독 안에서도 먹구름에 가린 신을 구하거나 하지 않고, 이 문제를 어디까지나 성실하게 해결해 내려고 하고 있는 거다. 이런 자에게 신은 바로 옆까지 와 있단다. 너무 걱정하지 않아도 되겠어. 너도 곧 신을 네 안에, 그리고 주변의 모든 것들에게서 느끼게 될 테니까."

나는 여전히 아무리 먹어도 살이 찌지 않는 소에게 건초를 주고, 헛간을 치우고 돌아왔다. 아저씨는 이미 침대에서 힘차게 코를 골며 잠들어 있었다. 아저씨가 짜서 놔 둔 우유를 챙겨 오두막을 나오려고 하자 코 고는 소리가 잠깐 멈추더니,

"너의 그 순수함을 소중하게 여기거라……"고 말하고, 다시 코 고는 소리는 힘차게 울렸다. 마음 탓인지 코 고는 소리는 아까 그 폴로네즈의 리듬을 타고 있는 것 같았다.

문을 열고 밖으로 나가려고 하자, 닭이 "오긴스키, 오긴스키" 하고 울어대면서 나와 반대로 오두막 안으로 뛰어 들어갔다.

13. 열한번째 시구

새해를 맞이해도 겨울의 기류는 점점 세력을 더해갔다. 초
원과 숲도 연못과 늪도 그리고 오두막도, 모든 것이 푸른빛
이 도는 얼음에 갇혀 버렸다.

나는 매일같이 오두막 안에 저장해 둔 감자를 뜨겁게 삶아
서 수프에 넣어 먹었다. 얼어붙은 감자가 하나하나 줄어들 때
마다, 혹한의 계절은 겨우 조금씩이기는 했지만 뒷걸음질치
는 것처럼 느껴졌다. 그리고 저장해 둔 먹을 것이 벌써 바닥
을 드러내려고 하는 마침 그때, 차양에 드리워진 고드름 끝
부분에서 모처럼의 태양 빛을 받아 프리즘의 분광을 방사하
는 아주 작은 겨울의 눈물을 발견했다.

그러나 그것은 분명 겨울의 끝을 암시하는 것이긴 했지만,
봄의 시작을 의미하는 것은 아니었다. 겨울과 봄 사이에는,
마치 해빙 때까지 녹지 않고 쌓여서 굳어진 눈이 바람에 흩

날려 드러난 동토와 언제까지나 달라붙어 떨어지지 않는 얼음 같은 눈이, 대지에 흑과 백이 뒤섞여 모양을 그려내는 것처럼 혼연된, 이도저도 아닌 시기가 필요했다.

겨울의 차가운 바람과 봄의 따스한 빛 속에서, 나는 오두막 바깥벽에 기대어 간신히 살아남은 마른풀이 얼어붙은 눈에 바짝 엎드려 오들오들 떨고 있는 모습을 바라보고 있었다. 새로운 생명이 태어나기 위해 낡은 생명은 끝을 맞이하지 않으면 안 된다는 평범한 생명관에 이의를 제기하고 우리들은 아직도 계속 살아갈 수 있을 거라고 필사적으로 주장하고 있는 것 같았다.

그리고 어느 날 아침, 문틈으로 스며들어 온 미지근한 바람이 내가 엎지른 잉크를 손가락으로 덧그려 식탁보에 3월이라고 써넣고, 꼼꼼하게도 잉크병 뚜껑을 닫고 일어서서 나가 버렸다.

그래, 분명히 3월이다. 같은 날 오후, 회색 머리털을 가진 갈까마귀 한 마리가 봉투가 가득 들어 있어서 매우 무거워 보이는 검은 가방에서 한 통의 편지를 꺼내더니 무뚝뚝하게 나에게 건네주었다. 발신인의 이름은 없고, 대신 겉봉투의 오른쪽 아래 구석에 새의 옆모습이 펜으로 그려져 있었다.

봉투를 열어보니 한 장의 얇은 종이에, '――3월, 돌아간다――'라고 마치 전보 같은 글귀가 한 줄 있을 뿐이었다. 새의 옆모습은 눈 주위의 테두리로 보아 콩새라는 걸 바로 알 수 있었다. 나는 소인이 찍힌 곳을 몇 번이나 다시 살펴보았다. '――티플리스,* 12월――.' 그리고 그루지야국 교회의 은색으로 반사된 원추형의 지붕을 두드리는 콩새를 상상했다.

3월도 끝에 가까운 맑은 날에는 지붕의 눈도 조금씩 녹기 시작해 처마의 고드름을 타고 모습을 드러낸 지면으로 스며들었다. 겨울 동안은 짤그랑짤그랑 얼어 내동댕이쳐져 있던 양동이의 얼음도 낮의 태양을 반사하면서 전나무의 뾰족한 잎과 한겨울의 기포를 몇 개인가 가둔 채로, 얇은 원반이 되어 두둥실 떠 있다.

10행째에서 쓰기를 멈춰 버렸던 시를 머릿속에 담고, 나는 오랜만에 정말 오랜만에 개암나무와 서양 버드나무가 서 있는 연못으로 향했다.

연못으로 향하는 길에는 질퍽거려서 물을 머금은 진흙이 섞

* 티플리스……그루지야 공화국의 수도 트빌리시의 옛 명칭.

인 눈이 아직 곳곳에 남아 있었다. 솔체꽃이 흔들리고 엉겅퀴가 흩어진 가을의 길에 비해, 낙엽이 다 떨어지고 색채가 없는 경치 속에서 다만 봄빛만이 초원의 여기저기에 녹다 남은 눈에 반사되어 내 눈을 따갑게 했다. 나는 얼떨결에 눈을 감아 버렸지만, 눈 속에 넘쳐 되돌아온 빛은 금세 시신경을 통해 내 머리와 몸속으로 퍼져 갔다.

연못 주변의 눈도 녹기 시작해서 물도 불어났다.

흰버드나무는 아직 새싹을 돋울 준비가 되지 않은 것 같았다. 그것은 반대편의 개암나무도 마찬가지였다.

그러나 뭔가 분명히 달라져 있었다. 연못을 에워싼 공기가 희미하게 습한 기운을 띠고, 그것이 생명이 고동치기 전의 경건한 기도를 암시하고 있었기 때문일까? 나는 신이 그 근처에 있다는 곰 아저씨의 말을 떠올렸다. 아주 고요해져서 무엇 하나 움직임도 없는 봄의 연못 앞에서, 나는 신이 땅속에서 살그머니 꿈틀거리는 것을 느끼고 있을까? 아니면 무신론자인 내가 신의 배려를 앞에 두고 두려움에 부들부들 떨고 있을까?

연못을 왼쪽으로 돌아 반쯤 가서 개암나무 아래에 섰다. 줄기를 스쳐 지나가자 희미한 습기가 느껴졌다. 습기의 근원인 땅은 눈에서 녹아 나온 물을 머금고 부드럽고 우아하게 개암나무를 지탱하고 있었다.

나는 언제나처럼 한가로이 눕는 것을 그만두고 연못을 그냥 지나갔다. 도중의 숲 속의 움푹 팬 땅에서는 변함없이 메추라기와 여우가 술래잡기를 하고 있었다. 메추라기 엉덩이가 보이더니 다음에는 여우의 곤혹스런 얼굴이 나타났다. 이내 메추라기의 시치미 떼는 얼굴이 나타나더니 다음에는 여우의 조금 밋밋한 꼬리 끝이 보였다.

숲과 숲 사이의 빈 지대에서는 두 마리의 까치가 땅 위에서 언쟁을 하고 있었다. 주워들은 이야기로는 나무 열매를 숨긴 장소를 어느 쪽이 먼저 발견했는가 하는 도무지 어리석은 언쟁이었다.

하지만, 분명히 생명은 다시 활동을 시작하려 하고 있었다. 예로 들 만한 것도 아닌 사소한 일 하나하나도 나중에 생각해 보면 그것이 모든 발단이라는 사실을 깨닫게 되는 것처럼.

오두막에 가까워지자, 어쩐 일인지 언제나 활기 넘치던 닭이 별로 행복하지 않은 얼굴로 그 근방을 콕콕 찍으며 돌아다니고, 그리고 야윈 소는 보기 드물게 질겅질겅 되새김질하면서 일광욕을 즐기고 있었다.

나는 소의 시선을 느끼면서 곰 아저씨의 오두막 문을 두드렸다.

안에서 대답이 없었기 때문에 문을 열고 들어가니 곰 아저씨는 책상에 앉아 뭔가 열심히 쓰고 있었다.

"오오, 얀, 이제 봄이구나."

뒤를 돌아다본 아저씨는 약간 기운이 없어 보였다.

"드디어 봄이군요. 뭐하고 계셨어요?"

"응, 축음기 상태가 나빠졌어." 아저씨는 슬픈 듯한 얼굴로 말했다.

"그래요? 봄인데." 나도 정말 슬퍼졌다.

"글쎄다, 어쩔 수 없으니까 새들에게 왈츠를 불러달라고 해야지. 우유와 달걀 좀 가져가거라."

나는 곰 아저씨에게 맛있는 과자를 만들어 드려야겠다고 생각하면서 그래도, 왠지 모르게 우울한 기분으로 숲 속을 터벅터벅 걸어갔다.

한참을 걸으니 멀리 숲 속에서 톡톡톡 하는 소리가 희미하게 들려왔다.

나는 그 소리가 나는 쪽으로 뛰어가 보았다. 움푹 팬 땅에 쌓인 쓰러진 나무나 가지에 발이 걸려 넘어질 듯 비틀거리면서 오로지 안으로 안으로 들어갔다.

이 주변일 거라고 생각한 곳에 이르렀을 때 소리는 뚝 그쳐버렸다. 내 주위에는 굵고 오래된 전나무가 몇 그루나 우뚝서 있고, 서로 힘없이 겹쳐진 상록의 가지 사이로 하늘은 살며시 얼굴을 내밀고 있을 뿐이었다. 발 아래에는 아직 녹지않은 단단한 눈이 얼어붙어 있었다.

그 순간, 톡톡톡 하는 소리가 주위에 다시 울려 퍼졌다.

있는 힘을 다해 고개를 위로 쳐들자, 어떤 나무도 하나같이팔을 뻗어 좁은 하늘의 한 귀퉁이를 차지하겠다고 서로 다투었다. 그 중 하나의 전나무 줄기에서 빨간 것이 쭈르르 움직였다. 그것은 붉은 딱따구리였다.

나는 이제 그만 피곤해져, 나뭇가지에 여기저기 할퀴면서겨우겨우 숲 속 길로 되돌아왔다. 더구나 달걀 하나에 금까지가버려 조금 속상했다.

곰 아저씨의 맛 좋은 우유와 달걀이 든 봉지를 제대로 다시 쥐고는 돌아갈 길을 재촉하면서 열한번째의 시구를 생각했다.

나는 이 계절의 엉거주춤한 애매함에, 조금씩 싫증이 났던건지도 모르겠다. 미련이 남은 듯한 진흙 눈에 발이 푹푹 빠지면서 훨씬 앞쪽에 파란 하늘과 여름의 뭉게구름 같은 하얀눈이 아주 조금 얼굴을 내밀고 있는 길을 더욱더 전진해 나갔다.

양쪽 숲이 점점 밝아지고 줄기와 줄기 사이에도 파란 하늘이 그려지더니 숲은 이제 끝을 맞이했다.

눈은 갑자기 적어지고, 마른 지면도 나타났다. 그때, 나는 내 발이 온통 진흙투성이가 되어 있는 걸 알았다.——이런이런, 집에 가서 발의 털에 달라붙어 있는 진흙을 털어내고 털에 솔질을 해야겠군, 꼬리는 씻을 수밖에 없겠어——라고 중얼거리며 숲 입구에 다다랐을 때, 숲 밖에서 톡, 톡, 톡 하는 소리가 희미하게 들려왔다. 마치 저번의 그 붉은 딱따구리가 나를 놀리고 있는 것 같았다.

침엽수 숲을 나와 자작나무가 듬성듬성 난 숲으로 들어가자 하얀 나무껍질 사이로 오두막이 조그맣게 보였다.

하지만 분명히 소리는 내 오두막 근처에서 들려오고 있었다.

나는 우유와 달걀이 든 봉지를 꼬옥 껴안고 달려갔다. 나도국수나무 수풀을 빠져 나와, 초원으로 몸을 날려 뛰어나가니 오두막 바깥벽에 콩새가 작은 점이 되어 주변에 소리를 퍼뜨리고 있었다.

나는 고조되는 감정을 억누르기라도 하듯이, 천천히 봄의 대지 위를 걸어갔다.

"야아, 콩새야, 돌아왔구나. 역시 무사했던 거야. 그렇지?"

콩새는 쪼는 데 몰두해 있었기 때문에 내가 말을 거는 것도 몰랐다. 한참이 지나서야 내가 서 있다는 것을 알아차렸다.

"어, 얀, 톡톡톡, 나 톡 왔어 톡, 잘 톡 갔다왔어. 정말 톡, 피곤하지만 톡, 이 톡톡, 벽을 톡, 보니까, 톡, 두드리고 톡, 싶어서 톡, 참을 수가, 톡, 있어야 말이지. ……톡"

콩새는 확실히 긴 여행에 녹초가 됐는지 두드리는 속도가 급격히 떨어져 갔다.

"지금 차를 끓일 테니까, 두드리는 것은 나중에 하면 어떨까?"

"그럼 그렇게 할까, 톡, 그런데 초봄에는 아무래도 습기가 많아서 그런지 울림이 별로 좋지 않네."

콩새는 바로 두드리는 것을 그만두고, 내 뒤를 따라 총총 뛰어 오두막으로 들어왔다.

날갯죽지는 꽤 지쳐 있는 모양으로 윤기가 없어 보였다. 출발했을 때와 같은 멜빵가방은 여기저기 누덕누덕 해어져 있었고 가죽 표면에는 가느다란 금이 여러 군데 나 있었다. 부리는 영양 부족 같은 색을 띠고 있었고, 머리털도 푸석푸석해진 것 같았다.

"이거, 드디어 돌아왔구나. 하지만 여긴 아직도 추운데."

콩새는 그 검은 테두리가 있는 눈으로 방안을 말똥말똥 둘러보며 말했다.

"어, 시를 쓰고 있었구나. 흠흠. 그래 이어지는 열한번째 행은 완성되었니?"

테이블 위의 홍차 얼룩이 묻은 노트를 발견한 콩새가 재빨리 질문을 하기 시작했다.

"이 〈봄의 품 안에서 연못의 흰버드나무가 심심한 것처럼 하품을 하고……〉는, 백양목 쪽이 좋지 않을까? 어감이 더 봄처럼 느껴지잖아."

나는 콩새의 말에 몰아세워진 느낌이 들었다.

"응, 그렇구나." "아, 그렇게 할게"라고 말하면서 사모바르에 물을 끓이고 반 년 만에, 완전히 무늬가 닳아 버린 독수리머리 문양의 컵을 테이블에 놓았다.

그냥 이것뿐인데도 내 오두막은 완전히 활기를 되찾아 실내는 따뜻한 기운으로 가득했다. 아직 이른 봄의 실내란 원래 이런 것이었다.

설탕을 네 스푼 넣고서 젓지도 않고 받침접시에 옮겨 담은 홍차를 떨리는 두 날개로 받쳐 홀짝홀짝 마시고는 콩새는 말했다.

"여긴 정말 한가롭구나."

분명 긴 여행으로 날개가 피로에 지쳐 있었을 콩새는 소스 그릇을 떨어뜨릴 것같이 아슬아슬하게 들고 있었다. 나는 단 과자가 하나도 없는 것이 안타까웠다.

　어느 틈엔가 봄의 조금 습한 바람이 창문 틈을 비집고 들어와서는 막 쓰기 시작한 시집의 페이지를 팔락팔락 넘기더니 흙냄새를 남겨 놓고 어디론가 가버렸다.

　"콩새야, 이제 막 돌아온 거니?"

　"응, 방금 돌아왔어."

　콩새는 한쪽 날개로 등이나 꼬리 날갯죽지에서 먼지라도 떨어내는 것처럼 힘차게 끄덕였다.

　"오래 있었네."

　"아냐, 그 정도 갖고 뭘. 이래 뵈도 난 빨리 온 편이라구. 글쎄, 아직 다른 녀석들은 돌아오지 않은 것 같아."

　콩새는 봄빛이 물씬 풍기는 창을 통해 자랑스러운 듯이 오랫동안 밖의 경치를 감상하고 있었다. 콩새의 뇌리에는 여행의 다양한 정경이 스쳐가고 있는지도 모른다. 혹은, 방금 막 돌아온 이 땅도, 긴 여행의 여운 속에서는 도대체 종착점인지 아니면 기점인지, 분명하지 않고 끝도 없는 둥근 고리 안에 갇혀 버렸는지도 모른다.

　나는 잠자코 홍차를 마셨다. 그리고 콩새와 마찬가지로 창 밖의 흙빛 나는 봄의 대지와 파란 하늘을 바라보았다.

내가 이 땅에 온 뒤 얼마나 시간이 흘렀던 걸까. 그리고 앞으로 생애의 마지막 때까지, 여기서 머물 수 있을까. 이렇게 시간의 흐름으로부터 떨어져 나간 아주 짧은 한 순간이, 조용히 조용히 숨쉬며 어느샌가 위대한 영원을 암시할 때까지 성장할 것이다.

"영원을 느낄 수 있지? 길고 긴 끝없는 시간의 흐름을……"
콩새가 우두커니 말했다.

"아아, 과연 그런가. 사실은 나도 느끼고 있었어." 나도 대답했다. 그러자 콩새는,

"아니아니, 틀렸어. 여행 직후에는 누구라도 어떤 종류의 들뜬 기분에 사로잡히지. 누가 옆에서 보면 우스꽝스럽게 보일지도 모르겠지만, 여행하고 왔다는 것만으로도 기분이 꽤 좋아지는 걸. 뭔가를 이루어 낸 것도 아닌데. 웃음거리에 불과해."
라고 이번에는 스스로를 조롱하는 것 같은 미소를 띠며 차를 홀짝홀짝 마셨다.

"웃음거리라니, 그런 건 아냐. 방금 나는, 콩새 네가 마음에 담아 온 여행의 여운이 한순간의 영원을 만들어 냈다는 것을 느끼고 있었으니까."

나는 조금 정색을 하고 반론했다.

"하지만 말야, 지금 여기 와 보니까 어째서 그런 여행을 또 해야만 했을까 하는 기분이 들거든. 그건 단순한 본능이고, 어쩌면 무의미한 행동이었을지도 몰라. 그래서 감개무량하는 것 따위, 역시 엉뚱한 웃음거리일 뿐이라구."

콩새는 비어 있는 컵에 그려진 두 개의 머리를 가진 독수리를 날개 끝으로 어루만지고 있었다.

"어, 한 잔 더 줄까?"

"응, 한 잔 더 마실까? 얀 너의 오두막에서 마시는 차는 정말 맛있다. 최고야."

콩새가 말해 주었다. 사모바르에서 기세 좋게 뿜어 나오는 수증기를 보면서 나는 넓디넓은 광야를 질주하는 증기기관차와, 그 뒤를 잇는 몇 량의 객차가 눈앞을 지나 저 멀리 까마득한 곳으로 멀어져가는 것을 안타깝게 지켜보았다.

"그럼 이만 가봐야겠는걸. 어쨌든 얀, 너도 무사해서 다행이야. 또 놀러와."

콩새는 오두막을 떠나려고 하면서,

"아차, 이런 잊어버렸다. 이건 정말 아름답게 빛나는 돌이야. 카즈벡 산* 중턱에서 주워 온 거야."

조금 해어진 멜빵가방 속을 이리저리 뒤적거리면서 정말 예쁘고 멋지게 빛나는 돌을 나에게 건네주었다.

"와, 어쩜 이렇게 아름답게 빛날 수 있을까? 저 서랍 손잡이만큼 반짝거리는데?"

나는 콩새한테서 받은 유리 손잡이를 가리켰다.

콩새는 기쁜 듯이 말했다.

"아아, 좋은데. 여전히 반짝이는군. 이것도 창가에 놔두면 더 빛날 거야."

"그래 그렇게. 정말 고마워."

"나도 차 잘 마셨어. 또 올게."

밖은 생각보다 춥지는 않았다. 봄의 초저녁은 아주 조금이었지만, 분명히 우아함을 품고 있었으니까.

문을 열고 손에 쥐고 있던 작은 돌을 쳐다보았다. 그것은 수정을 함유한 암녹색의 광물이었다.

창가에 놓아두자, 작은 결정의 파편이 어슴푸레하게 어두워진 하늘의 청색을 아주 조금 비추어 내고 있었다.

그것은 3월의 마지막 날 저녁이었다.

＊ 카즈벡 산……카프카스(코카서스) 산맥의 중앙에 위치한 뛰어난 봉우리(5,043미터). 푸시킨이나 레르몬토프의 시에도 자주 등장했다.

14. 물건 파는 떼까마귀

4월이 되도 추운 날이 계속되었다. 계절은 조금도 진행되지 않고, 우리들의 의식만이 끊임없이 앞으로 전진을 계속하다 푹 꼬꾸라지거나 했다.

그러던 어느 날, 똑똑— 문을 두드리는 소리가 들렸다. 문을 열어보니 물건 파는 떼까마귀가 법랑 주전자나 냄비, 자작나무로 짠 바구니, 여러 가지 것들이 들어 있는 병, 그밖에 이름도 알 수 없는 잡동사니들을 땅에 내려놓고 서 있었다.

"뭐 좀 사지 않을래요?" 부수수한 털이 마치 손질을 너무 하지 않아서 어디까지가 원래의 날개이고 어디까지가 몸통의 털인지 구별하기 힘든 모습을 한 떼까마귀는 흥정을 시작했다.

"공교롭게도 저는 돈이 하나도 없어요."

"다른 물건으로 교환도 해드리니까 괜찮아요." 떼까마귀는 목소리를 낮추어 대답했다.

"개암나무나 우유나 밤도 지금은 없는데요."

"그래요? 어쩔 수 없군요. 목이 마르고 너무 피곤해서 그런데 저 조금만 쉬었다 가면 안 될까요?" 떼까마귀는 그렇게 말하고 뻔뻔스럽게 발을 교대로 바꿔가며 안으로 들어왔다.

내가 차를 끓여 주자, 떼까마귀는 고맙다고 하면서 설탕을 대여섯 스푼 넣고 또 한 스푼을 더 넣고 짤그랑짤그랑 바쁘게 저으면서 단숨에 마셔 버렸다.

"아아, 정말 한숨 돌렸군요." 떼까마귀는 창가에서 빛나고 있는 작은 돌을 바라보며 말했다.

"그럼, 이제 가봐야겠어요. 뭐 갖고 싶은 것은 없나요?"

"럼주가 있었으면 좋겠어요. 아주 조금만 필요하긴 하지만요."

나는 그전부터 갖고 싶었던 것을 무심코 말해 버렸다.

"럼주라. 있었던 것 같은데. 어디 보자." 떼까마귀는 바구니를 뒤적거리더니 뭔가를 꺼냈다.

그리고 먼지를 뒤집어써 무엇이 들어 있는지 확실히 알 수 없는 작은 병을 꺼내서,

"자, 이걸 줄게요"라고 말하고 밖으로 나갔다.

커다란 바구니 안에 아까 그 냄비나 주전자를 넣고는 마끈

으로 자작나무 가지와 가죽을 엮어 만든 지게에 꽁꽁 동여맸다. 그리고 상당히 큰 마봉지와 손에 거는 바구니를 양쪽 날개로 들고 천천히 천천히 발을 교대로 움직이면서 걸어갔다. 멀리서 보니 마치 작은 오두막이 이사를 하고 있는 것 같았다. 나는 바바야가*의 집을 떠올렸다.

"정말 고마워요." 내가 소리쳤다.

"천만에요." 떼까마귀는 짧게 대답하더니 뭔가 소근소근 혼잣말을 하고 헛기침을 하면서 곳곳에 풀이 싹을 틔우기 시작한 아득한 대지 위 안개에 휩싸여 눈 깜짝할 사이에 사라져 버렸다.

---

* 바바야가……러시아 민화에 나오는 마귀할멈. 깊은 숲 속에 있는 그 오두막은 닭다리 위에 세워져 있다.

15. 고골 모골

그리고 일주일 정도 지난 4월에 접어들면서는 이상하게도 더운 날에, 콩새가 언제나처럼 벽을 두드리러 왔다.

요즘 콩새는 바깥벽만이 아니라 창문도 두드렸다. 본인의 이야기에 의하면 유리는 아주 단단해서 소리가 아주 좋고 게다가 이것이 중요한 점인데, 태양 빛을 반사해서 빛나는 것들에 참을 수 없는 매력을 느낀다고 한다. 하지만 아직 이른 아침에, 그것도 숙면 중에, 창유리를 두들기는 소리를 듣고 있어야 하는 데에는 곤혹이 따른다. 오늘은 꽤나 더웠기 때문에 나는 일찍 일어났다.

콩새가 창유리를 두드릴 때, 시선은 한곳으로 모아지고 본인은 진지하지만, 이쪽에서 두드리는 얼굴을 보고 있으면 어쩐지 우스꽝스럽다고 해야 할까 이상하다고 해야 할까. 나는 나오려는 웃음을 참으면서 창으로 다가갔다. 그리고 커다란 소리로 말했다.

"콩새야, 좀 쉬었다 하면 어떨까?"

"어, 벌써 차 마실 시간인가? 오늘은 좀 이른 것 같은데."
콩새는 왠지 창으로 들어오지 않고 일부러 문쪽으로 돌아서
종종걸음으로 들어왔다.

"아니, 사모바르 물이 아직 안 끓잖아." 서둘러 먼저 자리
에 앉은 콩새는 약간 불만스러운 듯이 중얼거렸다.

"그러고 보니 그러네." 나는 시치미 떼는 얼굴을 하고 홍차
받침접시에, 황금색의 마실 것을 넣은 컵을 얹어 테이블에 놓
았다.

"이런, 이런, 이게 뭐야? 이건 신종 크바스*인가?" 콩새는
작은 머리를 갸웃했다.

"자, 어쨌든 먹어 봐"라고 나는 자신만만했다.

한 모금 꿀꺽 마신 콩새는 말했다.

"이거 괜찮은 맛이야. 놀라워. 크림을 마시고 있는 것 같아.
정말이지 이게 뭐야? 크바스는 아닌 것 같고, 음-절대로 아
냐."

---

* 크바스……호밀(검은 빵)을 발효시켜 탄산을 가한 엷은 갈색의, 러
  시아를 대표하는 청량음료로 보리차나 콜라와 같은 맛이 남.

"고골 모골*이야. 달걀 노른자를 많이 거품 낸 다음 럼주를 넣은 거야. 아차, 그리고 설탕도 많이 들어갔어."

"흐음. 과자를 먹고 있는 것 같은 느낌이야. 아주 좋아. 하지만 차가 있다면 더 맛있겠는걸."

확실히 너무 단 음료에는 홍차도 필요했다. 결국, 한참 지나서 사모바르는 뜨거운 김을 내뿜었다.

"그런데 럼주 같은 걸 어디서 구했니?" 콩새는 의아해하며 물었다.

"그게 있잖아, 물건 파는 떼까마귀한테 받은 거야. 이 근처에서는 좀처럼 구할 수 없는 거라서."

"그래? 떼까마귀라구? 까마귀는 저쪽 세계에 색색으로 연락망을 갖고 있으니까 이상할 것도 없지. 그랬구나. 그런데 맛있어. 꼭 케이크 같아."

콩새는 몇 번이고 감탄을 연발하거나 의아해하면서 말을 멈출 줄 몰랐다.

이 간단하지만 호화로운 음료수에 온통 마음이 빼앗긴 콩새는 뭔가 주문을 외는 것처럼 계속해서 중얼거리고는 넌지시 나에게도 요구했다.

---

* 고골 모골……달걀을 거품 낸 단맛이 나는 디저트.

"고골 모골, 모골 고골." 그때마다 럼주는 한 숟가락씩 줄어들어 갔다.

우리들이 이렇게 실없고 평화로운 날들을 보내고 있을 무렵, 자작나무와 앵두나무, 키가 작은 오리나무나 사시나무도 그리고 물론 흰버드나무와 개암나무도 어느 정도의 차이는 있지만 새싹을 틔울 준비를 착착 해두고 있었다.

나는 아주 오랜만에, 그렇게 정말 오랜만에 아무런 걱정거리도 없었다.

16. 봄의 3부합창

과연 봄답게 부드러운 엷은 녹색이 대지 여기저기에 조금씩 펼쳐지기 시작했다.

나는 나도국수나무 열매와 버찌 설탕잼을 속에 채워 넣은 와레니키*를 잔뜩 싸서 손가방에 넣고 북쪽 숲으로 향했다. 나무들의 새싹은 도처에 돋아나기 시작했다. 문득 만져보고 싶어진 작은 가지의 끝은 부드러웠고 그 안에서는 숨은 생명이 꿈틀거리고 있었다.

숲 입구에서, 편지가 가득 담긴 커다랗고 검은 가죽가방을 질질 끌듯이 걷고 있는 갈까마귀와 마주쳤다.

숲으로 들어가니, 저장해 놓은 식량을 다 먹어 버린 다람쥐

---

* 와레니키……소맥분으로 만든 껍질로 고기 · 야채 · 버섯 · 과일 등
  을 감싸 쪄낸 우크라이나 요리 또는 디저트.

가 습한 나뭇잎이 썩은 땅 속에서 새순이 빠끔 얼굴을 내민 도토리를 캐내기 시작했다.

바스락 하고 머리 훨씬 위쪽에서 큰 소리가 나더니 커다란 날개를 가진 새가 날아올라 마른 나뭇가지 끝이 떨어져 내렸다. 다람쥐는 모처럼 파낸 소중한 도토리를 내팽개치고는 꼬리를 옆으로 휘면서 도망쳐 버렸다.

그래도 나무 사이를 비스듬히 통과한 봄빛은 언제까지나 뒤쫓아 그 부드러운 봄의 솜털을 비추어 내고 있었다.

곰 아저씨의 오두막에 가까워지자, 처량한 왈츠의 3부합창이 들려왔다. 나이에 비해 젊게 들리는 바리톤은 곰 아저씨의 목소리가 틀림없었다.

노크를 해도 대답이 없어서 그냥 문을 열고 들어가자, 곰 아저씨는 책상에 앉은 채로 반갑게 큰 소리로 맞으며 노래를 하기 시작했다.

"오, 친구, 자네도 오래된 왈츠를 불러보지 않겠나?" 그러자, 그 기운 넘치는 닭이 얼굴을 붉히며 한 옥타브 높게 만세를 외치는 톤으로, 높은음 부분을 완벽하게 소화해 냈다. 봉, 봉, 봉, 하고 흥얼거리는 모습이 보이지 않는 베이스는 기분이 언짢고 야윈 소임에 틀림없었다. 셋은 각자 맡은 부분을 완벽하게 지키면서 어느 때는 솔로가 되어 목청껏 소리 높여 노래했다.

이 묘한 3부합창 〈드니에플의 잔물결〉이 끝났을 때, 나는 무심코 열렬한 박수를 보냈다.

"야아, 얀, 고맙구나. 축음기가 고장이 나서 말야. 하지만 이것도 꽤 괜찮지?"

"네, 너무 훌륭했어요."

곰 아저씨는 어쩐지 조금 젊어 보였다. 그리고 구즈베리와 체리를 넣은 와레니키를 눈 깜짝할 사이에 다 먹어치웠다.

나는 따뜻한 우유를 맛있게 마셨다. 따뜻한 온기가 기분 좋게 몸속으로 스며들었다.

고맙다는 인사를 하고 돌아오려고 하자, 닭이 정중하게 문을 열어 주었다. 모두들 봄에 마음이 들떠 있었는지도 모른다.

17. 신록의 기적

그렇게 본격적인 봄의 방문에, 모두들 어쩐지 기분이 고조되어 있는 가운데, 마치 활기 없이 발을 질질 끌며 걷고 있는 것처럼 보이는 떼까마귀가 물건을 잔뜩 갖고 다시 나타났다.

"잘 지냈어요, 고양이 님? 오늘은 뭐 필요한 거 없나요?"

"전, 여전히 돈이 없어요." 나는 곤란해져 별로 넓지도 않은 어깨를 움츠렸다.

"그럼 뭐 갖고 싶은 건 없어요?"

"여러 가지 있지만 괜찮아요."

"그래요? 돈이 없으면 다른 것하고 바꿔 주기도 하는데."

"곰 아저씨한테 받은 달걀하고 우유만 조금 있어요."

"아아, 그것도 괜찮아요."

물건 파는 떼까마귀는 등에 짊어지고 있던 것을 내려놓더니 담담하게 마룻바닥에 펼쳐 놓기 시작했다.

순식간에 좁은 마루는 다양한 잡동사니들로 발 디딜 틈도 없어졌다. 살이 두 개 빠지고 없는 박쥐우산, 심지가 없는 등유 스토브, 유리가 깨진 칸델라, 조절나사가 없는 램프, 라벨이 벗겨져 먼지투성이가 된 마딜라와인, 코르크에 곰팡이가 낀 포트와인——하지만 속맛은 맥주처럼 신선했다!——손잡이가 조금 떨어진 법랑냄비, 물 따르는 곳이 없는 주전자, 해바라기 기름, 작은 돌이 섞인 메밀열매, 닳아 떨어진 투르크메니스탄 융단조각——단 그 섬세한 짜임은 분명히 테케족의 것이라고 생각되었다——, 마 헝겊으로 만든 새 인형——, 온통 시커멓게 더러워져 떼까마귀와 꼭 닮아 있었다——, 모스크바의 구세주 그리스도 대사원*의 그림 엽서와, 내가 한 번도 본 적 없는 지방의 그림 엽서가 몇 장 있었다.

그리고 꽤 훌륭한 스케치북과 몇 자루의 연필.

나는 마지막 물건에 시선이 멈춰 움직이지 않았다. 손에 들고 표지를 넘기자 조금 노랗게 된 종이 위에, 끝없는 초원이나 숲이나 넓은 하늘이 금세 그려졌다.

또 한 장을 넘기자, 이번에는 가장자리가 잘려 나간 종이에

* 구세주 그리스도 대사원……19세기 중반 대 나폴레옹 전승을 기념해서 모스크바 강가에 세워진 거대한 성당. 스탈린에 의해 폭파되었지만 1997년 재건되었다.

맑고 깨끗한 작은 냇가와 신록의 사시나무가 듬성듬성 난 숲이 나타났다.

나는 차례차례 아무것도 그려져 있지 않은 페이지를 넘겨보았다. 숲과 숲 사이에 자리 잡은 빛나는 빈 지대나, 광야*를 달리는 열차의 마지막 꼬리 부분의 발판에서 손을 흔드는 나의 아버지와 어머니가 나타났다. 그리고 마지막 한 장에는 고요함을 되찾은 연못과 개암나무가 떠올라 있고 근처 흰버드나무 아래에는 내가 혼자 서 있었다.

자세히 들여다보니 개암나무 가지에서 콩새가 이쪽을 향해 멈춰서 있는 것이 보였다. 그리고 개암나무 아래에서 아주 조금 떨어져 조금 흙을 쌓아 올린 곳 위에 하얀 풀꽃들이 피어 활짝 웃고 있었다.

활기가 없이 뿌옇게 쉰 듯한 목소리가, 잠깐 동안의 환영으로부터 나를 끌어올렸다.

"어머나, 그게 좋은가 보군요. 그럼 연필도 끼워 줄게요."
떼까마귀는 묵묵히 흩어진 것들을 주워 담기 시작했다.

모든 것이 훌륭하게 하나로 모아지는 모습은 마치 마술 같

* 광야……스텝이라고도 함.

았다.

"달걀만 갖고 갈게요." 떼까마귀는 기쁜 듯이 나갔다.

"정말 고마워요." 내가 문 앞에서 말하자,

"고맙긴 뭘요. 나도 고마운걸요." 떼까마귀도 중얼중얼 혼 잣말을 하면서 걸어갔다.

나는 스케치북에 완전히 마음이 빼앗겨 있었기 때문에 떼 까마귀가 그 모습을 완전히 감추어 버린 것도 눈치 채지 못 했다.

아마 저 근방일거라고 생각되던 초원이 숲으로 우르르 밀 어닥친 주변은 깜짝 놀랄 정도로 순식간에 신록으로 뿌옇게 퍼져 있었다.

하지만 그것은 여지껏 숨어 있던 안개의 짓이었는지도 모 른다.

만약 그게 아니라면 그것은 틀림없이 기적이라고밖에는 설 명할 수 없을 테니까.

18. 봄의 스케치

며칠 후, 콩새가 한바탕 창문과 벽을 두드린 후에 내가 차라도 하지 않겠느냐고 말하기도 전에 종종걸음으로 경쾌하게 들어왔다. 그리고 의자에 떡하니 자리를 잡고 앉아 입을 열자마자 "모골 고골은 있니?"라고 지극히 당연한 얼굴을 하고 재촉했다.

"아 이런, 오늘은 없는데. 고골 모골은." 나는 미안한 마음으로 말을 했다.

"어, 왜 없어? 아차, 럼주가 다 떨어진 모양이구나." 콩새는 스스로 납득하고 낙담한 기분을 애써 감추려고 노력했다.

"아니, 달걀을 스케치북하고 바꿨거든."

"흐음, 그랬구나?"

콩새는 사정을 잘 모르는 것같이 고골 모골을 마실 수 없게 된 것만 신경이 쓰여서 얼빠진 표정으로 대답했다. 하지만 조금 지나자 마음을 고쳐먹고 나에게 물었다.

"그래서 달걀을 스케치북에 그렸단 말야?"

"아니, 물건 파는 떼까마귀의 스케치북과 바꿨어." 나는 그 스케치북을 테이블 위에 올려놓았다.

"와, 스케치북이다." 콩새는 재빨리 날개로 잡아 얼빠진 눈으로 팔락팔락 넘겼다가는 처음부터 다시 팔락팔락 넘겼다.

콩새의 눈에는 거기에 그려진 꿈같은 풍경이 머릿속에 떠올라 그려지지 않을 것이라고 생각했지만, 고골 모골의 악몽에 사로잡힌 머리는 상상력을 완전히 잃어버린 것임에 틀림없다.

"콩새야, 우리 내일 날씨가 좋으면 스케치하러 나가지 않을래?" 내가 넌지시 물어보았다.

"그래, 그게 좋겠다. 날씨가 좋으면 말야." 마치 불이 붙은 것처럼 흔쾌히 동의했다.

그리고 우리들은 천천히 차를 마셨다.

"모골 고골은 조금 달긴 해도 맛있었어. 럼주가 들어가지 않으면 그냥 달걀인데." 콩새는 언제까지나 미련을 버리지 못하고 혼잣말을 계속했다.

다음날, 콩새가 두드리는 것을 끝마치길 기다렸다가 스케치북과 연필을 손에 쥐고, 화판이 닳아 번들번들해진 나무판 조각을 옆구리에 끼고, 쾌청한 5월의 하늘 아래로 뛰어나갔다.

콩새도 내가 만든 양배추 피로그가 든 봉지를 야무지게 날개에 끼고, 가벼운 발걸음으로 쫑쫑 뛰어나갔다.

초원의 풀은 아직 어려 짧고 매우 부드러웠다.

날카로운 잎에 손을 베이거나 가시가 있는 엉겅퀴를 밟을 걱정도 하지 않고, 우리들은 마음 내키는 대로 길을 찾아 걸어 나갔다.

초원이 끝나고 아직 키 작은 물벚꽃이나 오리나무 덤불에 들어가면 흙냄새와 희미하게 어우러진 나무 향기가 섞여 들어와 나는 무심코 심호흡을 했다.

손 가까이 있는 가지를 붙잡고 새싹의 아름다운 녹음을 바라보거나 오리나무에 드리워진 엷은 갈색의 꽃송이에 가만히 대고 있으면 그런 것에는 아랑곳하지 않고,

"이쪽이야"라고 콩새가 외쳤다.

이 작은 덤불을 빠져 나오니 엷은 녹색에 더 하얀 그림물감을 섞어 명암을 살린 것 같은 녹색의 새싹들과, 점묘화처럼 공중에 흩어진 자작나무 숲이 나타났다.

5월의 빛은 새하얀 나무껍질과 줄기에 나 있는 검은 균열

을 선명하게 두드러지게 하고, 아직 잎이 부족한 나무숲을 자유자재로 통과해 서로 교차하며, 지표면에 갓 돋아난 새 풀에 충돌하여 다양한 각도로 난반사되어 지상으로 흩어졌다. 나는 풀 사이에 넘쳐흐르는 빛을 눈으로 주워 담으면서, 나무 사이를 교묘히 뚫고 빠져 나간 빛에 몸을 쬐이며 숲을 빠져 나왔다.

"따끔따끔하지 않니?" 콩새가 투덜거렸다.

"봉지는 내가 가져갈 테니까 넌 날아가면 어떨까? 위쪽이 훨씬 상쾌할 거야."

"얏, 그렇게 이것저것 들고 갈 수 없을 거야. 나는 아무래도 상관없어. 숲을 걷는 것은 싫지 않아." 콩새는 사양했다.

자작나무 숲을 빠져 나오자, 작은 빈 지대가 나왔다. 그곳은 반대편의 침엽수 숲을 앞에 두고 빛의 연못이 되어 있었다.

"여기서 그림을 조금 그릴까?" 나는 스케치북에서 두 장의 종이를 떼어냈다.

"괜찮군."

우리들은 풀밭에 자리를 잡고 앉았다.

콩새는 한참 동안 구도를 생각하더니 쓱싹쓱싹 성급하게 연필을 움직이기 시작했다. 나는 빈 지대와 숲의 가장자리가 만나는 주변이 마음에 들었다.

콩새의 사생은 눈 깜짝할 사이에 끝나 버렸다. 나는 거기서 보이는 아직 싹이 나오지 않은 관목은 말라 버렸을까, 빈 들판에 보였다 안 보였다 하는 것은 어쩌면 까치인지도 모른다는 생각들로 도무지 연필을 움직일 수가 없었다. 그것을 아는지 모르는지 콩새는 말했다.

"까치가 있어."

까치는 웬일인지 들토끼를 열심히 놀리고 있는 것 같았지만 토끼 쪽은 그것을 완전히 무시하고 유유히 풀을 뜯어먹고 있었다.

"여전하구나, 까치는." 콩새가 나직이 중얼거렸다.

"아직 더 그려야 되니?"

"아니, 이제 다 그렸어."

빈 공간은 오두막에 돌아가고 나서 채워 넣으면 되겠다고 생각하고 나는 그만 일어났다.

"기차 보러 가지 않을래?" 콩새가 멋진 제안을 했다.

"어머, 철도 같은 건 이 근처에는 다니지 않을 거라고 생각했는데."

"여기서 볼 수 있어. 한 시간 정도 걸어야 될지도 모르지만 말야."

"야, 그거 굉장한데. 어쨌든 보고 싶다."

이렇게 해서 우리는 스케치북과, 화판과 피로그 봉지를 들고 다시 길을 나섰다. 유럽 낙엽송의 소박하고 아름다운 새싹 사이를 헤매며, 가지가 길게 늘어진 자작나무가 서 있는 모래와 자갈이 있는 땅도 지나갔다. 평탄하게 보이는 숲도 몇 개의 작은 기복을 품고 있어서, 그것에 따라 나무 모양도 조금씩 변화를 반복해 갔다.

"콩새야, 이제 꽤 많이 걸은 것 같은데 아직 멀었니?"

"그러게 말야. 이상한데. 숲이 열리지 않네."

도대체 이 숲은 언제쯤 끝이 날까?

그 후로도 또 상당히 걸어갔는데도 숲은 점점 깊고 어두워져만 갔다.

"콩새야, 이쪽 방향이 맞는 거니?"

"그래 아마도."

"콩새야, 시험 삼아 좀 날아올라가 보면 어떨까? 그러면 정확한 방향을 알 수 있을 거야."

"그렇구나."

한 번 날아 내려선 콩새는 말했다.

"길을 조금 잘못 들어섰어. 이 끝에 오른쪽에서 교차하는 오솔길이 있으니까, 그곳을 돌아 가자구."

나는 왠지, 오른쪽으로만 계속해서 빙글빙글 돌고 있다는 생각이 자꾸만 들었다. 그리고 어느 틈엔가, 원래의 지점으로 돌아온 것 같은 기분이 들었다. 어느 나무도 모두 똑같아 보이고, 발밑의 조약돌이나 풀도 본 적이 있는 것처럼 생각되기까지 했다.

나는 이 의문을 입 밖에 내지는 않고 묵묵히 콩새와 함께 걸어갔다. 콩새가 너무나도 확신을 갖고 걸어 나갔기 때문에.

그것은 정말 갑자기 나타났다. 지루하고 긴 숲 속의 오르막길이 마침내 막다른 곳까지 이르렀을 때 우리는, 아주 완만하고 모든 방향으로 마음이 확대되는 풀이 돋아난 경사면에 서 있었다.

아아, 이 광활함을 뭐라고 표현해야 할까. 그다지 높지도 않은 우리가 있는 곳에서, 아득한 저쪽 지평선 그 맞은편까지, 모든 것이 가로막힌 곳 하나 없이 명료하고, 비유할 데 없이 조용하게 가로누워 있었다.

드문드문 떠 있는 구름은 왼쪽에서 오른쪽으로 대부분 알아차릴 수 없는 속도로 천천히 움직이고 있었다. 저 멀리 숲에서는 갓 돋아난 나뭇잎이 여기저기에서 반짝반짝 흔들리며 춤추고 있었다. 분명 그곳에는 상쾌한 미풍이 불고 있을 것이다.

그리고 우리 오른쪽 훨씬 저쪽에서부터 여기저기 숲에 잠기면서, 커다란 원을 그리며 두 갈래의 철도가 흙을 높이 쌓아 올린 곳 위에 깔려 있었다. 둔덕의 경사면은 기분 좋은 초지로 덮여 있고 하얀 레이스플라워가 수없이 피어 있었다. 전신주가 하얀 뚱딴지로 된 더블버튼을 양쪽에 딱 붙이고 서로 신중하게 간격을 두고 보이지 않는 선으로 연결되어 있었다.

시선을 조금 떨어뜨리자, 우리들이 있는 곳에서 계속되는 이 경사면에도 흰색, 파란색, 핑크색의 꽃들이 만발해 멋진 봄의 산들바람에 희미하게 흔들리고 있었다.

우리는 오랫동안, 아무 말 없이 서 있었다.

그리고 어린 사시나무 아래에 앉아 양배추 피로그를 먹기 시작했다.

"훌륭해." 콩새가 말했지만, 피로그가 맛있다는 것인지, 경치가 좋다는 것인지, 그건 알 수 없었다. 아마 양쪽 모두를 말했을 것이다.

"여기에 차 한 잔만 있다면 최고일 텐데." 콩새가 또 말했다.

"그래 맞아. 차를 주전자에 좀 담아 왔으면 좋았을 텐데."

"다음에 올 때는 꼭 그렇게 하자."

콩새는 하늘의 대부분을 구도로 잡고, 땅은 지평선 아래에 아주 조금 그렸을 뿐이었다.

나는 대부분을 숲과 초원으로 채우고 아주 조금 하늘을 그렸다.

그리고 기분 좋게 커다란 원을 만든 철로 위에, 증기기관차와 그것에 이끌려가는 객차들의 칸이 나타나기를 기다리고 있었다.

"기차가 오지 않네. 기차가 오면 그 그림처럼 되는 건데." 콩새가 말했다.

"그 그림이란 게 뭐야?" 나는 시치미 떼지 않고 솔직하게 물었다.

"훨씬 전, 이곳 나무 위에서 머물면서, 아니, 어느 나무인지는 잘 기억나지 않지만, 그게 여름이 끝날 무렵이었나, 그래, 공교롭게도 확실하게는 기억나지 않아. 어쨌든, 이 주변의 나무 아래에 머물러,──여긴 참 좋다──고 생각하고 있었을 때, 조금 아래쪽 풀숲에서 밀짚모자를 눌러쓴, 그럼에도 불구하고 말쑥한 더블재킷을 입고 가느다란 무늬의 바지를 입은 술에 지독히 찌든 모습의 화가*가 스케치를 하고 있었어. 마침 그때 맞은편에서 이쪽을 향해, 그 크게 구부러진 철로에서 그 화가 앞으로 기차가 얼굴을 내밀지 뭐야.

그래서 이 남자는 운 좋게도 열차를 그려 넣을 수가 있었어."

"그래? 기차가 나타났단 말야?" 나는 상당히 부러운 듯이 물었다.

"스케치를 마치고 돌아갈 채비를 하고 이쪽을 두리번거리던 남자의 얼굴은, 왠지 우수에 젖어 있었어. 검은 수염이 잔뜩 나 있었어, 턱에서 귀밑털까지 말야. 아주 야윈 걸 보면 어디가 아픈 사람 같았어. 크고 슬픈 눈을 가진 사람이었지. 매우 슬픈 눈이었어. 그 남자는 러시아인이라기보다 유대인 예언자 같았어. 그리스도처럼."

"콩새야, 너는 그리스도를 본 적이 있니?" 나는 조금 짓궂게 물었다.

"아니, 한 번도 본 적은 없어. ……그저, 그런 기분이 들었던 것뿐이야."

"하지만, 생각대로 기차가 와 주어서 좋았을까"라고 내가 말하자, 콩새는,

"어째서?"라고 이상하다는 듯이 되물었다.

---

* 이 특징으로 추측하건대, 이 화가는 이삭 레비탄(1860-1900)이라고 생각된다. 작가 체호프의 친구이기도 하다. 인상주의적인 애정 넘치는 러시아 풍경화가.

"글쎄, 이 풍경에 열차를 그린다면 너무 평범한 그림이 되지 않을까?" 나는 왜 갑자기, 기차의 출현에 부정적인 생각을 갖게 되어 버렸는지 스스로도 알 수 없었다.

"확실히 그 화가의 스케치는 평범한 구도였지만 괜찮았어." 콩새도 내가 갑자기 이상하게 된 이유를 제대로 짐작하지 못했다.

아무리 기다려도 기차는 나타나지 않았다. 아니, 나는 사실은 기다리고 있지 않았는지도 모른다.

한참 동안 꼼짝 않고, 계속되는 철로 저편을 응시하고 있으려니, 시야가 뿌옇게 흐려져 있었는데 그 침침한 영상에 작고 검은 점이 떠올라서, 조금씩 조금씩 커지더니 그것은 이쪽을 향해 소리도 없이 달려오는 객차였다. 그리고 증기기관차가 내뿜는 검은 연기와 하얀 연기를 뒤집어쓰면서 간신히 바라다보이는 마지막 꼬리 부분의 발판에 아버지와 어머니가 서 있었다. 아버지는 발판의 손잡이를 양손으로 붙잡고 어머니는 한 손을 줄곧 흔들고 있었다. 다시 기관차가 내뱉는 연기에 모든 것이 흔적도 없이 사라지더니 열차도 흔적도 없이 사라져 버렸다.

내 눈은 물기를 머금고 있었기 때문에 모든 것은 환상에 지나지 않았지만, 내 마음 깊은 곳에서는 착각이 현실의 열차의 출현에 의해서 사라져 버릴 것을 분명히 두려워하고 있었다.

도대체 어느 정도 시간이 흘렀는지, 여지껏 어슴푸레하게 밝은 빛이 남아 있는 하늘을 뒤로 하고 지평선 위에는 별이 하나 떠올랐다. 우리들 주변도 어느 틈엔가 엷고 푸른 베일에 둘러싸여 콩새의 양 날개에 있는 하얀 날갯죽지도 부리의 크림색도, 사시나무의 짙은 녹색도, 모두가 융합되어, 각각이 갖고 있던 색채는, 낮 동안의 태양이 만들어 내는 마술에 지나지 않았다는 것을 깨달았다.

"이제 어슴푸레해졌네."

"으응, 벌써 시간이 이렇게 됐나?"

"역시 안 왔어."

"그러게 말야."

스케치북에 그려진 가느다란 연필 선도 잘 보이지 않게 되었다. 단, 철로의 흙을 높이 쌓은 경사면에 핀 하얀 레이스플라워나 우리가 있는 비탈에 피어 흐드러진 하얗고 작은 꽃은, 엷고 푸른 공기 속에서조차, 언제까지나 잔상으로 남겨져 있었다.

"이제 다 그리지 않았니?" 콩새가 우두커니 말했지만, 사실 우리들은 벌써 아까 전부터 그냥 그림용지와 연필을 화판 위에 올려놓고 있을 뿐이었다.

돌아가는 길, 숲길에서 콩새는 언제나 헛발을 디뎌 넘어질 뻔했다.

오두막에 도착한 것은 한밤중을 꽤 지난 때였다. 우리들은 차를 몇 잔이나 계속 마셔댔다. 콩새도 피곤했는지 평소 때 처럼은 떠들지 않았다. 그리고 내가 부엌에 들어갔다 나왔을 땐 이미 자리에 앉은 채로 눈을 감고 완전히 곯아떨어져 있었다. 나도 피곤해서 어느새 깊은 잠에 빨려들고 있었다.

그날은 꿈을 꾸지 않았다.

19. 소나기

 콩새와의 최초의 만남으로부터 일 년이 지난 6월도, 역시 이런 상태로 지나가고 있었다.

 오랜만에 나폴레옹을 구워 낸 나는 어슬렁어슬렁 콩새의 저택으로 향했다.

 숲도 초원도 일 년 전의 경치와 무엇 하나 달라진 것은 없었다. 다만 자세히 들여다보면 숲 여기저기에 그동안 자란 어린나무들은 누가 보아도 금방 알아차릴 수 있을, 올해 갓 뻗어 나와 싱싱하게 빛나는 가지를 뽐내면서 내세우고 있었다. 숲 속 길에는 작년과 마찬가지로 미나리아제비의 노란 잎과 제비꽃의 청보라색이 남겨져 있었다. 숲과 숲 사이의 빈 지대에는 이름도 알 수 없는 하얀 꽃과, 여느 해보다 엷고 푸른 물망초가 무리지어 살고 있었다.

 작은 연못 주변에 그 오두막이 있었다. 나는 무심코 오두막의 틈새투성이인 판자를 두드려 보려고 했지만 별로 마음이 내키지 않아, 썩은 지붕에 돋아난 풀을 물끄러미 바라보았다. 연못에서는 제철보다 빠르게 나타난 한 마리의 소금쟁이가 기분 좋은 듯이 스르르 미끄러져 내려갔다.

다시 작은 숲으로 기어들어가 그곳을 나오기 직전, 드물게 나 있는 은방울꽃 군락을 발견했다. 나는 뿌리가 상하지 않게 조심조심 꽃이 달린 한 송이 줄기를 꺾어 산사나무 꽃이 핀 저택 근처의 울타리로 나왔다.

언제 보아도 멋진 잡목림의 길을 빠져 나와 이번에는 신록에 숨겨진 콩새의 저택에 드디어 도착했다.

경첩이 하나 빠져 나와 스스로의 무게로 점점 기울어진 한쪽 문 틈새를 통해 안으로 들어가자, 별로 신통치 않은 얼굴을 하고 있는 콩새가 나무판이 갈라진 책상에 양쪽 날개로 턱을 괴고 뭔가 멍하니 생각에 잠겨서 내가 찾아온 것도 눈치채지 못하고 있는 것 같았다.

"앗, 얀, 언제 왔어? 지금 차를 끓여올게." 콩새는 얼빠진 상태로 초점이 흐려진 눈을 하고 안으로 들어갔다.

잡아 뜯겨 찢어진 시트 같은 하얀 천을 들고 온 콩새는 테이블에 넓게 펼치라는 것처럼 나에게 맡겨 놓고는 다시 안으로 들어갔다.

그리고 그럭저럭 사모바르에 물을 끓이고 포트를 사모바르 위에 올려놓았다.

나는 나폴레옹을 책상 위에 놓았다.

그때, 함께 놓여 있던 은방울꽃을 보고 콩새는 무심코 말했다.

"이야, 계곡의 백합인가?" 그리고 한참이 지나서야 눈앞의 나폴레옹을 드디어 알아차리고 약간 평소의 어조를 되찾기 시작했다.

"어머, 나폴레옹이잖아. 냄새 좋군. 훌륭해. 야, 이거 너무 맛있겠는걸."

내가 신중하게 6등분하고 있을 때 콩새는 포트의 차를 법랑컵에 따르려고 했다.

"앗 이런. 홍차 잎을 넣는 걸 잊어버렸네. 이걸 어쩌지, 또 한참 기다려야겠어."

"저, 콩새야 어떻게 된 거야? 몸이 별로 안 좋아 보이는데, 괜찮니?"

나는 조금 걱정이 되어 물어보았다.

"아, 아니, 난 멀쩡해. 걱정해 줘서 고마워. 하지만 괜찮으니까 걱정 마. 머리가 좀 멍한 것뿐이야." 콩새는 어쩐지 날개를 흔들흔들 움직이면서 대답했다.

그 가벼운 실크 레이스도 기운 없이 고개를 떨구고 이 실내의 가라앉은 분위기를 상징이라도 하는 것 같았다. 천장에서 어쩔 수 없이 매달려 있던 부서진 샹들리에도 어쩐지 음울함을 더 강조하고 있었다.

습기를 아주 조금 머금은 대기가 우리들 사이에 감돌고, 높은 창문 사이로 보이는 하늘은 갑자기 어두워졌다. 바로 조금 전까지만 해도 하얀 식탁보 위에 그려져 있던 사모바르나 법랑컵 그림자는 흔적도 없이 사라졌다.

콩새는 홍차를 한 모금 마시고, 두 모금째를 마시기 위해 얼굴 아랫부분을 법랑컵 속에 파묻고 말했다.

"얼마 전에 그때 네가 말한 떼까마귀가 왔었어."

"어, 그 물건 파는 까마귀 말야?"

"그래, 바로 그 떼까마귀."

"그래서 어떻게 했어?"

"믿을 수 없을 정도로 갖가지 물건을 펼쳐 놓고, '뭐 살 건 없나요?' 라고 하던데."

"응, 그랬을 거야. 그래서?"

"으응, 그러고 나서, '당신은 새 치고는 좋은 곳에 살고 계신데요, 어떤 신분이세요?' 아마 그렇게 말했던 것 같아. 그냥, 별로 귀담아듣지 않아서 아마 그랬을 거라고 짐작한 거지만 말야."

"그래서?"

"그 다음에 '갑자기 피로가 몰려와서 그런데, 좀 재워 주지 않겠습니까?' 라고 말하고 그 마룻바닥에서 재빨리 몸을 쭈그린 채로 눈을 붙이고 완전히 곯아떨어져 버렸지 뭐야."

"그리고는?"

"한참 지나서 눈을 뜨더니, 다시 '콩새님, 뭐 좀 사지 않을래요?' 라고 말하는 바람에 뭔가 살 게 있나 하고 찾아보니까 표지가 다 떨어진 책이 한 권 눈에 들어왔어."

"음, 그래서?"

"하지만 나한테는 돈이 없다고 하니까, '뭔가 다른 걸로 바꿔도 괜찮아요' 라고 말했기 때문에 빛나는 돌과 바꿨지. 얀너한테 준 것 같은 돌이지."

"아아, 그러고 보니 그 떼까마귀는 내 오두막에서도 돌을 눈여겨보는 것 같았어. 정말 마음에 들었나보군. 그런데 그 책은 어떤 책이야?"

"그게, 저……" 콩새가 말을 시작했을 때, 갑자기 소나기가 후두둑 후두둑 테라스를 세차게 두드리고, 창으로 그 빗방울이 날아들어 왔다. 저택 주변의 나무들은 좌우로 바람에 흔들리고 짙은 녹색을 띤 나뭇잎은 거센 소나기에 힘없이 찢기며 울부짖었다. 식탁보 끝이 바람에 나부끼고 은방울꽃이 눈 깜짝할 사이에 날려와 마룻바닥 위에 떨어졌다. 콩새는 그것을 부리로 물고는 간신히 남은 창유리에 빗방울이 달려가는 모양을 바라보고 있었다.

소나기는 허겁지겁 지나가고 말았다. 대기는 깨끗하고 산뜻하게 씻겨졌고 높은 창문의 프리즘을 통과한 백색광선이 부서진 샹들리에에게 무지개색을 선사했다. 날아가지 못하게 누르고 있던 식탁보에도 몰래 스며들어 온 초여름의 빛이 슬그머니 다가왔다.

그리고 아까까지는 거의 느낄 수 없었던 은방울꽃 향기가 실내에 감돌았다.

"정말 좋은 향기로군." 식탁보 위에 은방울꽃을 놓으며 콩새가 말했다.

이 강렬한 초여름의 빛을 온몸으로 받은 식탁보는 눈부실 정도의 순백색 속에 은방울꽃의 하얀 꽃잎을 숨겨 버렸다. 눈이 부셔 아찔해진 나에게는 이미 녹색의 줄기밖에는 아무것도 보이지 않았다.

한참이 지나서 우리도 식탁보와 함께, 내리쬐는 빛을 흠뻑 받으면서 나폴레옹을 먹기 시작했다. 때때로 포크가 그릇에 부딪치는 소리와, 우리의 웃음소리가 맑게 트인 실내의 공기

를 통해 창 밖으로 사라져 갔다.

그 비는 여름의 전조이자, 시작이었다. 이제 슬슬 6월도 끝나려 하고 있었다.

20. 네발과 날개

7월의 숲이나 초원에 콩새가 나무판을 두드리는 소리가 한층 더 울려 퍼졌다.

나는 창문을 활짝 열고 눈앞에 펼쳐진 초원의 아득한 저 끝 숲의 또 끝에 떠오른 새하얀 구름을 바라보았다.

그리고 그 구름이, 물건 파는 떼까마귀가 가지고 있던 그림 엽서의 거대한 구세주 그리스도 대사원의 모습으로 바뀌었나 싶더니, 그 황금색의 지붕에 찬연한 빛이 내리쬐었다.

나는 창으로 얼굴을 내밀어 위의 콩새에게 말을 걸었다.

"콩새야, 마치 구세주 대사원 같은 구름이야."

콩새는 뒤돌아서 흘끗 보더니, 다시 곧바로 두드리기 시작했다.

"어, 톡, 그렇구나, 톡. 톡톡톡톡톡······."

"콩새야, 모스크바는 여기서 멀까?"

"톡톡, 응, 톡톡, 아주 톡, 멀어, 톡."

구름이 조금 움직여 교회 지붕 모양이 찌그러졌다.

"콩새야, 교회 지붕이 없어져 버렸어."

"어, 톡톡, 정말 톡, 그러네, 톡."

"콩새야, 교회 옆에 커다란 구멍이 생겼어."

"이제 톡톡, 그만, 톡 해야겠다, 톡톡."

구세주 대사원은 눈 깜짝할 사이에 사라지고 없었다. 뿔뿔이 흩어진 교회의 파편은 조각구름이 되어 먼 동쪽 지평으로 사라져 갔다.

"저쪽에는 꽤 강한 서풍이 불고 있어." 콩새는 어느 틈엔가 두드리는 것을 아예 그만두고, 나와 같은 방향을 바라보고 있었다.

"모스크바는 여기서 먼 곳에 있겠지?" 나는 다시 콩새에게 물었다.

"아, 그래 그렇지. 여기선 정말 꽤 멀어."

"얼마나 걸릴까?"

"4일 정도 날아가면 될 거야. 도중에서, 두드리거나 좀 돌아서 간다고 해도 말야."

"그래? 그럼 걸어서는 갈 수 없겠네." 내가 조금 실망해서 말하자 콩새는 구체적인 제안을 해주었다.

"그건 무리야. 아참, 전에 스케치하러 갔을 때 철로가 있었잖아. 거기서 기차에 뛰어올라타면 어떻게든 갈 수 있을 것 같은데."

순간, 달리는 기차를 쫓아가서 마지막 꼬리 부분의 발판에 뛰어오르려는 자신의 모습이 머릿속에 떠올랐다. 나는 오랜만에 네발을 사용해 전속력으로 질주하고 있었다. 두껍고 조금 긴 꼬리 끝의 갈색과 흰 무늬가 물결처럼 상하로 크게 흔들리고 있었다.

기차에 바짝 따라붙어 발판으로 뛰어들려고 하는 바로 그때, 아버지와 어머니의 모습이 눈에 들어왔다. 어머니는 나를 향해 손을 흔들고 있었고 아버지는 손잡이를 꽉 붙잡고 나를 응시하고 있었다. 나는 달릴 의지가 급속히 저하되어 가는 것을 느꼈다. 네 개의 발은 이미 타성으로 앞으로 움직이고 있을 뿐이었다. 기차는 아차 하는 순간에 멀어져, 똑바로 뻗은 철로 위에서 원근법을 강조하면서 사라져 갔다.

흙둔덕의 비탈에 핀 레이스플라워의 순백색이 남겨진 자의 시야를 가득 메웠다. 그리고 평행선으로 이어지는 전신주 기둥의 행렬이 일제히 불쌍한 듯이 나를 내려다보고 있었다.

"아니, 괜찮아. 별로 가고 싶은 것은 아니었으니까."

그때와 마찬가지로, 왠지 나는 조금 정색을 하고 있었다.

"그래 맞아, 가도 변변한 것은 없을 거야. 어쨌든 그쪽 세계의 일이니까." 콩새는 나를 위로해 주려고 했던 것인지, 아니면 정말 변변치 않은 곳이라고 생각하고 있는 것인지, 잘 알 수 없었지만 어쨌든 내 이야기를 이어받아 주었다.

창문이 열려 있어서 유리를 두드리기 불편했기 때문에 콩새의 두드림도 오늘은 이 정도에서 끝나고 곧바로 차 마시는 시간이 시작되었다.

콩새는 자리에 앉자 그가 애용하는 멜빵가방을 목에서 빼내었다.

"고골 모골은 참 맛있었지?" 한가닥 희망을 품으면서 콩새는 나에게 말했다.

"응, 하지만 달걀이 마침 다 떨어져서 말야. 이거 미안한데." 콩새의 한가닥 희망은 깨끗이 사라져 버렸다.

나는 곰 아저씨의 집에 한참 동안 가지 않았구나 하고 생각하면서 컵에 차를 따라 부었다.

"한여름을 맞이하기 직전의 초원 이상으로 빛나고 희망으로 가득 찬 것은 이 세상에 존재하지 않아"라고 콩새는 몸을 비스듬하게 하고 바깥 풍경을 바라보면서 뭔가 깊은 생각에 잠겨 있는 것 같았다.

분명히 요즘 콩새는 말수가 적어졌다.

"날개가 있으면 좋을 텐데. 아무데나 갈 수도 있고. 나 같은 고양이는 태어나서부터 줄곧 이곳에 있는 것 같은 기분이 들어. 아니, 어렸을 때의 확실한 기억은 없지만, 어느 순간 문득 단편이 머리에 떠오른 적은 있어. 그냥 그것은 어느 순간의 영상 같은 것으로 결코 연결되지 않고 커다란 공간 안에 파편만을 계속해서 비추고 있는, 점점으로 된 습지대의 작은 연못 같은 것이야."

이야기를 하면서, 나는 다시 그 철로를 건너는 넓디넓은 풍경을 떠올리고 있었다. 그러자, 그 환시는 그때가 처음은 아니었던 것 같은 기분이 들었다. 확실한 형상을 갖지 않은, 마음 밑바닥에 앙금처럼 가라앉아 있던 옛날의 기억들이 그때 갑자기 부각되었던 것일까.

"분명 먼 땅을 찾아가기 위해서는 그렇게 하면 편리할지도 모르지. 그리고 높은 상공에서 보는 경치는 어떤 지형도보다도 정확해. 하지만 말야, 그 카즈벡의 정상에 유유낙낙하게 춤추며 내려앉은 황금색으로 빛나는 머리를 가진 검독수리와, 산기슭에서 그 높이까지 두 개의 발로 기다시피 겨우 올라간 바위자고새* 중, 도대체 어느 쪽이 정말로 카즈벡을 이해했다고 할 수 있을까?

나도 네 개의 발로 초원을 뛰어 한 바퀴 완주하고 싶다는 생각을 몇 번이나 했는지 몰라. 자신의 발로 이 땅을 밟으면서 걸어가거나 달리는 쪽이 몇 배나 멋진 일이라고 생각할 수 있겠지만. 얀 너도 가끔 네발로 달린 적이 있겠지? 그때 기분이 어때? 역시 네발이 있어서 좋구나 하고 생각하겠지?"

"앗, 으응. 꿈속에서는 자주 달리곤 하지만, 실제로 최근에는 별로 달려 본 적이 없어서 말야. 아니 달려 본 적이 한 번도 없었던 것 같아. 그만큼 급한 일이 없었기 때문일 거야."

내가 한참 떠들고 있는 동안 콩새는 자신의 세계로 빠져 들어갔다.

"게다가 날개는 꼼꼼한 일에는 맞지 않아서 결국 부리를 사용해 버리고 말지. 그러니까 뭔가 만드는 것은 서툴러. 얀 너는 앞발이 손 역할을 할 테니까 좋겠구나. 요리도 정말 잘하지 않니? 이 손으로, 아니 이 날개로는 카샤나 만드는 정도라구."

콩새는 양 날개를 자기 눈앞에서 교차시키거나, 오른쪽 날개로 왼쪽 날개 끝을 의미 없이 만지작거리거나 하면서 떠들

＊ 바위자고새……유럽 등의 산 중턱의 연못이나, 건조지대의 계곡에 사는 꿩과의 새.

고 있었다.

"오히려 날개가 있어서 날 수 있는 것만으로, 어떤 숙명을 등에 짊어지게 됐어. 나는 철새로서 이동하는 것 따윈 하고 싶지 않아. 그래, 이동을 하면 여러 색을 가진 땅을 둘러보는 건 할 수 있겠지. 언제나 같은 장소에서 건너지 않아도 되니까. 남과 북이라는 것 말고는. 하지만 말야, 얀, 여기보다 더 좋은 곳은 없었어. 이건 확신을 갖고 말하는 거야.

여기는 무엇이든 아름답고 멋있는 것들로 가득 차 있어. 그것도 의도적으로 만들어 낸 아름다움이 아니고 풀이나 나무나 연못이나 새나 동물이나 벌레나 구름이나 대지가, 그리고 공기가, 모두 있는 그대로의 모습으로 지극히 자연스럽게 제각각 자신들의 아름다움을 드러내지 않고 소박하게 매일매일을 살아가고 있다는 것이……

어디에도 갈 필요는 없어. 얀, 여기서만 살아. 여기는 참 좋은 곳이야……"

콩새는 고개를 조금 숙이고 계속해서 말을 이었다. 커다란 구름이 머리 위를 지나갈 때마다 태양 빛은 가려져서, 콩새의 머리털에 닿는 빛은 생겼다가 없어졌다가 했다.

역광 때문에 콩새의 얼굴 표정은 전부 읽어낼 수는 없었지만, 목소리의 어조로 보아서 매우 명랑한 얼굴을 상상할 수는 없었다.

　나는 의식적으로 밝고 큰 소리로 콩새에게 말했다.

　"그러니? 그럼 나는 운이 좋은 고양이구나. 줄곧 여기에서 살아야겠구나. 어쩐지 밖으로 나가서 또 경치를 보고 싶어졌어."

　"도대체 나는 무엇을 찾아서 이동하는 걸까? 정말 본능적 행동 같은 걸까? 평생 동안 이런 짓을 하지 않으면 안 되다니! 나도 얀 너처럼 한 번만이라도 좋으니까 이 땅에서 딱 일 년만 이동을 하지 않고 조용히 경치를 바라보며 살아보고 싶어.

　가을에서 겨울로 넘어갈 때, 이곳의 대지나 숲은 어떤 식으로 바뀌어 있을까……. 저 저택을 에워싸고 있는 낙엽수는 어떤 모습으로 노란 잎을 흩뜨리고 있을까……. 완전히 떨어져 버린 잎으로 가득 찬 테라스에서 얀 너와 차라도 마신다면……. 눈으로 덮여 쌓인 완만한 초원 위에서 갈까마귀가 무겁고 검은 가방을 땅에 질질 끌며 걷는 것도 보고 싶어. 그리고 우편 배달하는 모습이 사라진 눈 덮인 초원 저편에, 뿌옇게 보이는 회색의 숲도……. 앗, 그리고 개암나무 연못에 푸르고 하얀 얼음이 자라나, 점점 그 푸르름이 사라져 투명하게 된 얼음이 봄을 예감하게 하는 햇빛을 반사하는 모습도…….

　두드릴 것이 없더라도 나도 얀 너처럼 바라보는 것만으로도 좋겠어. 너를 만나기 전부터 때때로 그렇게 생각한 적은 있었어. 하지만 한곳에 머물고 싶다고 생각하는 마음에 거역이라도 하는 것처럼, 아니 일부러 강하게 반발하는 것처럼 남쪽에 대한 이동 욕구는 서서히 거리를 늘려가는 거야.

도대체 왜, 그렇게 남쪽으로 가지 않으면 안 되는지 나도 잘 모르겠어. 하지만 한편으로 마음 깊은 곳에서 우리들의 조상이 부르는 소리가 들리고 있는 건지도 모르겠어. 우리들의 진짜 고향은 여기이고, 여기가 너희들이 사는 장소라면. 다마스크로스나 재스민이나 미르튜스 향기가 가득하고 크로커스나 수선화나 양귀비가 피어 만발하고 오렌지나 레몬이 열려도, 그것들은 별 문제가 아니야. 그곳이 우리들의 고향이라는 게 문제지. 그리고 그곳에서 살 수 없다는 이치에 어긋난 사실에 대한 분노가 문제야. 그냥 조용하고 얌전하게 평화롭게 지내고 있는 친구들이 있는 곳에, 흙 묻은 발로 성큼성큼 몰려들어, 강제로 쫓아내는 따위의 일이 허락될 리가 없어!"

콩새의 눈은 조용한 분노로 타오르고 있었다.

"그럼, 그 전설은 사실이었니? 실제로 지금도 계속되고 있는 사실이란 말이니?"

나는 콩새의 강한 어조에 놀라면서 물었다.

"그래, 분명히. 하지만 내가 이 눈으로 직접 확인한 건 아니야. 나는 아직 그곳에 가 본 적이 없으니까. 모두 들은 이야기야. 이동하는 도중에 매년 나보다 남쪽으로 더 내려가는 새와 만난 적이 있거든. 예를 들면 회색기러기라든가 짝 잃은 외기러기 같은 친구들 말야. 오리 따위도 거뜬히 남쪽으로 내려가지. 모두 그렇게 따뜻한 날개털을 가졌으면서도 말야. 아프리카나 아라비아반도나 인도에도 간대. 거긴 정말 대단한 곳이야.

말하자면 무리를 지어 날아가니까, 다소는 안전하겠지만. 다만, 그 무리는 기가 약한 놈들이 많아, 그래, 물새는 아주 허약하지, 그래서 그 무리는 이야기가 늘 어마어마하게 과장되어 버려. 그도 그럴 것이 무리의 끝에서 끝까지 말이 전달되는 사이, 완전히 얼토당토않은 이야기로 바뀌어 버리는 적이 많거든. 그래서 한 무리의 이야기가 완전히 진짜라고는 믿기 어렵지만 말야."

"그렇구나. 만약 그런 부당한 일이, 아니 그런 바보 같은 일이 현실로 존재한다면 나도 어지간히 분노를 느끼겠는걸. 도대체 신이 약속한 땅이라든가, 신이 선택해 주신 민족이라든가 모두가 그런 것을 주장한다면, 어떤 불합리도 아랑곳 않고 태연하게 지나가 버릴 것 같은데? 아니 불합리하니까 힘에 의지하게 되는 거겠지. 완전한 절대신이라는 것은 다른 것을 완전히 배제함으로써 성립되니까. 그래서 나는 신을 믿지 않는 거야. 한 걸음 양보해서 신 그 자체에 문제는 없고 신앙하는 측에 문제가 있다고 생각하더라도 신앙집단이라는 것이 끊임없이, 타인에게 자기에 대한 동의를 요구하고, 동의하지 않는 자들을 배제하는 성질을 가진다는 것은, 뿌리 깊이 박힌 신의 존재가 이미 그런 성향을 갖고 있기 때문이 아닐까.

신은 절대 유일하다고들 해. 그리고 그 절대란, 절대귀의의 명령이자, 결국 독재자의 말이 아닐까. 그런 신이라면 나는 절대 인정할 수 없어. 무신론자라고 해도 상관없어. 곰 아저씨가 나에게 그렇게 말했었지. 너는 무신론자구나 하고. 곰 아저씨는 가까운 곳 자기 안에 신이 있다고 말했지만, 그것은 신이 없다는 것과 큰 차이가 없다고 생각해."

나도 무심결에 콩새의 이야기에 자극을 받아 조금 흥분해버렸다. 절대라는 말을 도대체 몇 번 사용했을까. 콩새는 잠자코 듣고 있었다.

"만약 지금 여기에, '이곳은 우리들이 신으로부터 물려받은 땅이니 너희들은 나가라' 하고 말하는 녀석이 나타난다면 나도 '고양이 뒷발차기'로 싸울 거야."

콩새는 얼빠진 얼굴을 하고 되물었다.

"'고양이 뒷발차기'라니 그게 뭐야?"

"아, 그건 이렇게 해서, 앞발로 상대를 꽉 조른 다음, 뒷발 두 개로 동시에 걷어차 올리는 거야." 나는 일부러 아무렇게 나 옆으로 누워 그 상황을 재현해 보여주었다.

콩새는 좀 놀란 표정이 되어 날카롭게 지적했다.

"하지만 상대가 더 크고, 앞발로 꽉 조를 수 없게 되었을 때는 어떻게 할 건데?"

"그래, 그러고 보니 그땐 힘들겠군. 나는 고양이 뒷발차기 를 별로 해 본 적이 없어서 말야. 단·한 번, 내 꼬리 끝을 갉 아먹은 생쥐 녀석에게 해봤을 뿐이야. 글쎄, 분명 네가 말한 상대라면 뒷발차기는 통하지 않겠는걸." 나도 이것에는 바로 수긍을 했다.

"그런데, 이야기를 되돌리려고 해서 감정을 해쳤다면 미안 한데, 예를 들면, 콩새들은 다른 새와 달라서 무리지어 살지 않고 언제나 혼자서 생활하고 있지? 그래도 역시, 조상의 피 라든가, 콩새속(족)의 피가 너의 안에서는 강한 힘을 갖고 있 는 것 같더군. 그곳이 진짜 고향이라는 말은 상당한 유혹이 었을 거야. 나에게는 고향이 없고, 친척도 없어. 더구나 얀무 늬, 고양이속, 결국 갈색과 흰색이 섞인 반 호랑이고양이 동 지라는 연대감마저도 없어. 고양이는 서로 가능한 한 얼굴을

169

마주치지 않는 것으로 되어 있을 정도라구. 어디서 태어나서 어디에서 흘러들어 왔는지도 확실치 않으니까. 부모도 역시 ……. 어디서 갈라졌는지 분명한 건 하나도 없어. 하지만, 그건 그것이고, 난 오히려 잘됐다고 생각해. 성가신 일도 없고, 결국 마지막에는 혼자서 살아가지 않으면 안 되니까 말야."

"잘 알겠어." 콩새는 한마디 내뱉을 뿐이었다.

우리들은 우리 눈앞에 차가 든 컵이 있다는 것조차 잊고 있었다. 완전히 식어 버린 차는, 정말 마실 기분이 나지 않았다.

"그렇군. 나에게도 부모나 형제나 친척 따위는 없어. 아니, 있을지도 모르겠지만 벌써 옛날에 뿔뿔이 흩어졌어. 스스로 날 수 있게 되었을 때, 정신을 차려 보니 이미 난 혼자였어. 그렇지만 그게 그리 나쁜 것만은 아니야. 오히려 여러 가지로 상황이 좋은 건지도 몰라. 거추장스럽게 서로 처덕처덕 부비며 사는 건 정말 싫으니까. 그런데 왜 우린 콩새속의 전설의 땅에 얽매여 있는 걸까. 이건 나도 정말 알 수 없는 문제라구. 내 일인데도 말이야. 이치에 어긋나는 감정의 문제인지도 모르겠어. 아니 감정이라기보다 자존심, 과시의 문제일 거야. 또는 정의롭지 못한 것에 대한 분노일 수도 있을 거야.

얀 너도 혼자서 사는 것에 만족하고 있잖아. 그러나 우리들 이외의 존재를 부정하거나 배제한 적은 없잖아. 가령 어쩔 수 없이 지상에서 생명을 얻은 생물이라고 해도, 모두 평등하게 살며 지낼 권리는 있는 것이지. 이 대지와 자연 속에 살고 있는 한 누구라도 반드시 평등한 거야. 생물학적이거나 종족적이거나 종교적이거나 역사적인 우열 따위는 있을 수 없는 것 아니니?

나는 스스로 살고 있는 것에 자부심을 갖고 있지만, 아니 자부심을 갖는 것 따위 웃음거리에 불과해. 당연한 것이니까. 하지만 여하튼 혼자라는 고독을 통해 각각의 가치를 인정할 수가 있어.

그러니까 이 한 마리 한 마리의 생존권을 침해하는 일은 절대로 용서할 수 없어. 한 마리의 가치는 하나의 국가나 하나의 종교보다 더 큰 것이라구."

짝짝짝― 나는 감격에 넘쳐 작은 손바닥을 치며 찬사의 박수를 보냈다.

여름의 나른하고 늘어지는 오후를 확 날려 버리기라도 하듯이, 혹은 초원의 가장 먼 곳에서부터, 풀이 넘실거려, 점차 물결을 일으키는 것처럼 우리가 있는 쪽을 향해 너무 쌀쌀하다 싶을 정도의 바람이 불어왔다. 반쯤 열린 창이 흔들거리면서 차라리 닫혀 버릴까, 아니면 이대로 열려 있을까 망설이고 있었다.

"콩새야, 다음에 또 스케치하러 가지 않을래?"

"좋아, 같이 가자."

돌아올 때 콩새는, 멜빵가방 안에서 뭔가 모난 것을 잡아 꺼내면서, "아참, 그래그래, 얀 이걸 줄게. 주운 거라서 좀 미안하지만"이라고 말하고, 작은 나뭇조각을 나에게 건네주었다. 자세히 보니, 그것은 아주 작은 이콘*이 그려진 나뭇조각이었다. 성모마리아의 얼굴 같은 것과 그 후광의 일부가 남아 있고, 주변에는 타서 눌어붙은 것 같은 흔적도 있었다.

그 그림은 매우 서툴게 그린 것이기는 했지만 오히려 그 소박함이 성스러움을 강요하는 것 같은 느낌을 주지 않고 매우 솔직한 기분을 느끼게 해주는 것이었다.

"콩새야, 이런 소중한 것을 나 같은 무신론자에게 줘도 되는 거야?"

"아니, 나도 특별히 그쪽 세계의 종교를 믿고 있는 것은 아니니까 그건 서로 마찬가지야. 하지만 이것은 말야, 저쪽의 무리가 제멋대로 태워 버린 것이라고 생각해. 여기서 가장 가까운 마을 위를 날아갈 때, 무너진 교회 근처에서 우연히 발

---

* 이콘……독일어. 성상. 그리스도나 성모마리아, 성자들을 그린 성상화. 혁명 전의 러시아에서는 교회만이 아니라 각 가정에 장식되어, 신앙의 대상이 되어 있었다.

견한 거니까. 왠지 아주 내동댕이쳐진 것 같지는 않아서 가지고 왔어. 얀 너라면 소중하게 간직해 줄 거라고 생각했어. 황금색의 후광이 아름답지?"

"정말 마음에 드는데. 너무 고마워, 콩새야." 그것을 가만히 바라보고 있자니, 어쩐지 마음이 평화로워졌다.

"그럼 오늘은 이만 돌아가야겠어. 얀 너와 여러 가지 이야기를 해서 뭔가 분명해진 것 같아. 고마워."

"천만에, 나도 아주 좋았어. 스케치하러 가는 거 잊지 마."

"그래, 물론이지."

"선물도 고마워." 내 말이 끝나기도 전에 콩새는 이미 하늘 저 위에 있었다.

과연 하늘을 나는 것은 멋진 일이라고 나는 또 한 번 부러운 생각이 들었다.

막간

여기서 15분 동안 휴식 시간을 드리겠습니다.

콩새의 저택 테라스, 또는 얀의 오두막 앞의 초원에서 느긋하게 쉬어 보세요.

더군다나, 음료수 같은 건 까치가 마음이 내킬 때 달려와 줄 테니까, 운 좋게 까치 눈에 띄는 분은, 망설이지 마시고 주문만 하세요. 단, 까치의 기분을 상하게 해서 들이받히지 않도록 주의하세요.

그럼 제2막을 시작하겠습니다. 빨리 자리로 돌아와 주십시오.

제 2 막

21. 검은뇌조

여름이 한가운데에 와 있어도 올해는 추운 날이 많았다.
그래도 다이어스카모마일의 노란색 꽃이나 들국화의 하얀 꽃
이나 보라색 방울꽃은 초원 여기저기를 채색하고 있었다.

차가운 안개가 창으로 스며들어 왔기 때문에 열어젖힌 창
을 닫으려고 손을 뻗었을 때, 흔들흔들한다고 해야 할까 비
틀비틀한다고 해야 할까 어쨌든 몸을 좌우로 흔들며 초점이
없는 한 마리의 검은뇌조가 이쪽으로 걸어오는 것이 눈에 들
어왔다. 언제였던가, 전나무인지 무슨 나무인지 어떤 나무 꼭
대기에서 하루 종일 졸고 있던 그 검은뇌조인지 아닌지, 잘
모르겠다. 조금 후에 검은뇌조는 문을 한 번 '똑' 두드렸다.

문을 열어 보니, 약간 뚱뚱해 보이는 검은뇌조가 여전히
초점이 없이 아니 그보다 나를 뛰어넘어 방 안을, 아니 방
안을 훨씬 더 뛰어넘어 세상 끝을 보는 것 같은 시선으로 서

있었다.

얼핏 본 바로는 가진 것은 아무것도 없는 것 같았다. 오른쪽 날개에 들고 있는 작고 파란 바구니 외에는. 그 등나무 바구니는 너무 작아서 내가 생각하건대 아무것도 들어갈 공간은 없었다.

"고양이야, 전나무 꼭대기는 높아서 정말 많은 것들이 보여." 그 검은뇌조는 아직도 초점 없는 눈으로 나에게 말을 걸었다.

"아참, 어서 들어와. 괜찮으니까." 나는 대답했다.

검은뇌조는 꾸룩꾸룩 하면서, 바구니를 손에 꽉 쥐고 안으로 들어왔다. 그리고, 내가 권하기도 전에 벌써 의자에 걸터앉았다. 바구니는 양 날개로 테이블 위에 소중하게 올려놓더니 조금 오른쪽으로 밀어 놓았다. 그러고 나서 바구니의 방향을 자기와 평행하게 해보이거나 직각으로 해보거나 여러 가지 각도로 놓아 보더니 결국 직각으로 정한 것 같았다.

"저, 검은뇌조야, 넌 어디서 왔니?" 내가 물어보자, 그는 잠자코, 창 밖을 가리켰다.

"방금, 저쪽에서 왔어. 저기, 고양이야. 자작나무 꼭대기는 별로 높지 않아. 그래서 많은 것들을 볼 수 없지 않니?"

"아니, 나는 그런 높은 곳은 다리가 후들거려서 올라갈 수 없어. 가지 끝은 약해서 나를 지탱할 수 없을 거야. 게다가 원래 높은 곳에 오르는 것은 별로 자신 있는 편이 아니거든. 그래서 유감이지만 잘 보일지 모르겠어."

검은뇌조는 내 말을 전혀 듣고 있지 않는 것처럼, 앙증맞은 바구니의 뚜껑을 열고 어디서나 볼 수 있는 유리컵과 사기로 된 받침접시를 꺼내더니 그 접시 위에 유리컵을 반듯하게 올려놓았다. 거기에 하얀 냅킨——여기저기 서로 들러붙어 있었다——을 목에 매고 가슴에 걸쳤다. 나는 앗, 이거다 하고 생각하고 마침 사모바르의 불도 켜져 있었기 때문에 그의 컵에 차를 따라 주었다. 그는 잠자코 차를 한 잔 마시고는 뜻 모를 말을 중얼거렸다.

"남쪽 바다에서 레몬은 흘러흘러 흑해에서 해수욕." 검은 뇌조는 변함없이 방을 투시하는 듯한 시선으로 사모바르 너머를 바라보고 있었다.

"유감이지만 레몬은 전혀 없어. 올해는, 레몬은 구경도 못해 봤어"라고 나는 말했다.

"고양이야, 저건 참 깨끗한 돌이구나. 마음의 바닥에서 나온 아주 깨끗한 돌. 그것은 인간이 변한 거야." 검은뇌조는 콩새한테서 받은 빛나는 돌과 이콘의 파편을 이번에는 초롱초롱한 눈으로 바라보았다.

"아니, 성모마리아인 것 같아. 소박하지만 어쩐지 온화한 느낌이 드는 걸 보면."

검은뇌조는 다시 차에 부리를 대더니, 이번에는 갑자기 머리를 숙이고 슬픈 표정으로 유리컵 속의 투명한 차 색깔을 쳐다보고 있었다. 아까부터 설탕은 한 스푼도 넣지 않았다.

"설탕도 있어. 잼도 넣어 줄까?" 내가 물어보자 검은뇌조는 말했다.

"레몬이 없으니까 지금은 괜찮아."

"고양이야, 저 연못의 개암나무 아래에 신께서 잠자고 있어. 어떤 신이냐구? 아주 커. 고양이들은 신을 갖고 있다지. 그것 참 도움이 되겠구나. 소원은 잘 들어 주니? 잘 들어 주겠지." 검은뇌조가 다시 먼 곳을 바라보며 나에게 물었기 때문에 나는 다시 대답을 해주었다.

"아니, 잘 모르겠지만, 저 연못의 개암나무에는 신이 있지 않아. 더구나 나에게는 하인으로 부릴 만한 신은 없어."

"자아, 우리 함께 창 밖을 바라보자. 곁에 두고 부릴 만한 더 나은 신은 없다구? 개암나무 아래에는 지금은 신이 없니?"

"그래, 맞아. 정말 없어."

검은뇌조는 좀 슬픈 듯한 눈으로 창 밖을 바라보고 있었다.

"차 한 잔 더 마실래?"

"방금, 거기서 온 거니?" 테이블 위의 앙증맞고 파란 바구니를 이번에는 수평으로 다시 놓고 뚜껑을 닫았다. 그 바구니에는 컵과 냅킨과 소스 그릇 말고는 더 이상 아무것도 들어가지 않을 것 같았다.

"검은뇌조야, 차 한 잔 더 끓여 줄까?" 내가 다시 반복해서 묻자 검은뇌조는 자기 쪽을 검은 날개로 가리키면서 말했다.

"니콜라이, 니콜라이 로마노프."

"아, 네 이름이 니콜라이 로마노프로구나. 나는 얀이야." 내가 말하자, 이번에는 내 쪽으로 검은 날개 끝을 향하고 말했다.

"얀, 얀이라구?"

"그래, 얀이라고 해. 그런데, 검은뇌조야, 아니, 니콜라이 로마노프야, 차 한 잔 더 마실래?"

"아니아니, 닛키든 닉이든 니코든 상관없어. 아니면 콜리야라고 해도 괜찮아. 이름 같은 건 모두 한결같이 가치 없는 것들이니까. 나는 니콜라이 알렉산드로비치 로마노프."

"그럼 니코라고 부를게. 너는 숲 입구의 자작나무 꼭대기에서 하루 종일 자고 있던 그 검은뇌조 맞니? 아주 가끔 눈에 띈 적이 있었어."

"얀, 자작나무 꼭대기는 그렇게 높지 않아. 그래서 여러 가지를 잘 볼 수 없지?" 검은뇌조는 같은 말을 자꾸만 반복했다. 그리고 이따금 스스로 질문을 내던졌다.

"얀, 태어나기 전에는 어디에 있었니?"

"그건……, 아직 태어나지 않았을 때니까 기억나지 않아."

"그렇겠군."

"그럼, 고양이는 무슨 일을 하고 사니?"

"그건……, 특별히 하는 일은 없어."

"그렇구나. 그런데 이 니콜라이 알렉산드로비치 로마노프는 멋진 일을 갖고 있었어." 검은뇌조는 갑자기 커다란 가슴을 부풀려 연설하는 어조로 떠들기 시작했다.

"그게 무슨 일이었는데?"

"숲에서 가장 높은 전나무의 꼭대기에서 제일 먼 곳을 보는 일."

"와, 그거 정말 멋진 일이었겠다. 보람이 있었겠구나." 이것에는 나도 진심으로 맞장구를 쳐주었다.

"이 니콜라이 로마노프 님 일의 성격상, 자주 꼭대기에서 깊은 잠에 빠져 버리는 것이 아랫사람들 쪽에서 가장 큰 문제점으로 지적되었었어." 이 말을 하는 동안 조금은 정신이 들었던 시선이 다시 술 취한 바다에서 헤엄치기 시작했다. 그리고 커다란 가슴은 갑자기 오므라들어 작은 메추라기처럼 움츠러들어 있었다.

창 밖은 안개가 한층 짙어져 코야카미츠레의 황색만이 겨우 알아볼 수 있을 정도였다. 만약 이런 짙은 안개 속에서, 그 같은 검은뇌조와 우연히 맞닥뜨린다면 그건 틀림없이 과거의 망령과 갑자기 마주한 것과 같은 인상일 것이다. 그만큼 그, 니콜라이 로마노프는 종잡을 수 없고 너무 막연한, 지면에 발을 대고 걷기보다 나무 꼭대기에서 부풀어 있는 쪽이 훨씬 어울리는 검은뇌조였다. 그 자신도 이 점은 잘 알고 있는 것 같았다.

"얏, 나무 꼭대기에서는 무엇이든지 다 보인다. 하지만 성가신데다, 말하는 것도 괴로우니까 내려가서는 안돼."

"그렇군. 뭐든지 볼 수 있고 알 수 있다니. 정말 부럽구나. 나보다 보는 범위가 굉장히 넓을 테니까 말야."

"보는 것이 일이니까. 하지만 괴로워. 숲 아래는 보이지 않잖아. 얏 너도 보는 것과 듣는 것이 일이지?"

"응, 으응."

"그냥 세상을 보고 있는 것만으로도 훌륭한 일이라구."

"그럴까?"

"숲이나 초원이나 연못이나 말야. 뭔가 태어나거나 죽거나 소멸하거나 나타나기도 하지. 그것을 보고 있는 건 괴로운 일이야."

"그럴지도 모르지만. 나도, 초원이나 숲을 보고 있으면 어느 순간, 어느 짧은 순간이 세상 모든 것을 대표해서 여기에 떠올라 나타났다고 생각될 때가 있어. 그럴 때는 정말 어떤 말로도 드러낼 수 없는 감동으로 슬퍼지기까지 해. 만약 시인이라면 아주 훌륭하게 글로 표현해 냈을지도 모르겠지만, 하지만 단 몇 줄로 그 감동이나 슬픔을 표현할 수 있다고는 생각하지 않아. 그런데도 시인들은 그 순간이 오기를 기다리고 있는 거지. 끊임없이 그물을 펼쳐 놓고.

우리들이, 우리 주변의 자연이나 자연 속의 사건들을 보고 아아, 정말 세상은 슬프다고 생각할 때가 있었다면 그것은, 절대로 갑작스럽게 의표를 찌르고 느닷없이 눈앞을 휙 하니 달려갈 뿐이지. 노트나 펜을 들고 순간을 기다리는 일 따위는 절대로 없을 거야. 말로 해서는 아무래도, 들뜨고 부끄러운 것이 되어 버리지."

니콜라이 로마노프, 바로 검은뇌조는 내 이야기를 완전히 무시하고 얼빠진 눈을 멍하니 뜨고 있었다. 하지만 그가 말하는 것은 반은 의미가 없었는데, 나머지 반——어쨌든 세상을 '본다'는 것에 조금은 의미가 있다는 것 같지만——은, 어쩐지 이해할 수 있을 것 같은 기분도 들었다. 그가 말하는

187

것은 모두 단정으로 끝나고 있었다. 그래서 이야기가 더 이어지는 일은 없었다. 두세마디로 각각의 이야기는 스스로 짧은 생애를 마치고 있었다. 그리고 나도 모르는 사이에, 그의 이야기를 이어받아서 내 멋대로의 해석을 날조했다. 그의 멍한 시선은 내 책임이기도 했다. 그러나 이것 말고 도대체 내가 무엇을 할 수 있었을까.

차를 다 마신 검은뇌조는, 먼저 목에 두른 냅킨을 천천히 풀어서 꼼꼼하고 착실하게 개키더니 나에게 유리잔을 씻어 달라고 부탁했다. 그리고 씻은 유리잔과 받침접시를 그 파랗고 작은 바구니에 넣고 오똑하게 뚜껑옆에 붙어 있는 훅을 잠갔다. 문 입구에서 떠나려고 이쪽을 뒤돌아보았을 때, 창가를 가리키며 말했다.

"얏, 저 빛나는 돌을 갖고 싶어." 검은뇌조의 갑작스런 희망사항에 나는 당황해서 횡설수설하면서도 정중하게 거절했다.

"저, 그건, 콩새한테서 받은 소중한 보관물이라서 말야. 그게 좀, ……콩새의 것이기도 하고, ……."

확실히 검은뇌조는 창가의 빛나는 돌 쪽을 바라다보고 있었지만, 그 드물게 고정된 시선을 정확히 따라가 보면 분명히, 돌을 뛰어넘어서 창 밖 아득한 여름 초원의 끝을 더듬고 있을 것이다. 하지만 이것도 반은 내 상상이었다. 창 밖은 짙은 우유 같은 안개가 여전히 자욱이 끼어 있어서 코야카미츠레의 황색도 이미 보이지 않게 되었다.

"얀, 오늘은 어떤 일도 할 수 없을 테니까 그냥 자버려."

"글쎄 말야, 이래 가지고는 아무것도 볼 수 없을 것 같아."

검은뇌조는 조금 아까 나타났을 때와 마찬가지로, 파랗고 작은 바구니의 손잡이를 날개에 잔뜩 힘을 주어 쥐고 문을 열더니 눈 깜짝할 사이에 안개 속으로 잠겨 버렸다. 어쩐지 확 피곤해져 문을 연 채로 그냥 두었더니, 짙고 무거운 안개가 조금도 주저하지 않고 실내로 침입해 들어와 눈앞에 있는 사모바르조차 어느샌가 모습을 감춰 버렸다.

보이는 슬픔에 비해 보이지 않는 몽롱한 상태가 얼마나 기분 좋은가를 이 안개는 가르쳐 주었다.

검은뇌조가 나에게 날카로운 질문을 퍼붓고 난 지 며칠이 흘렀다. 나는 때때로 그, 그러니까 니콜라이 로마노프가 지적했던 사물들을 맥락 없이 떠올렸다.

나에게 일은 있는 것일까. 과연 정말로 보는 것, 듣는 것이 훌륭한 일이 될 수 있을까. 그럼 콩새의 일은? 딱딱한 것을 두드리는 것은 일은 아니다. 나이 지긋한 곰 아저씨의 일은?

왈츠를 듣는 것은 아니다. 저 항상 바쁜 닭의 일은? 알을 낳는 것은 아니다. 야윈 소의 일은? 우유를 만들어 내는 것은 아니다.

그럼 일이라든가 직업을 가진 것은 우편 배달하는 갈까마귀와 물건 파는 떼까마귀뿐일까?

그렇게는 말했어도, 검은뇌조는 오늘도 높은 전나무 꼭대기 주변에서 숲이나 초원을 내려다보면서 그의 말에 의하면 때때로 슬프고 괴롭다는 그 일을 계속하고 있을 것이다. 그것은 보수를 받지 않는 고독한 작업이라고 생각한다. 하지만, 누군가가 이 슬픈 작업을 이어받지 않으면 안 된다. 언뜻 보기엔 평화로 가득 차 즐겁고 아름다운 이 세계의, 밑바닥에 흐르는 슬픔과 적막함을 계속해서 목격하는 것이 필요하다. 그렇다면 다른 것은 제쳐두고 우선 오늘 하루 정도는 슬픔이나 적막함을 잊고 평온하게 살 수 있을 것이다. 그렇다고 한다면 이것은 무보수이기는 하지만, 역시 어떤 종류의 훌륭한 일이 될지도 모른다…….

검은뇌조는 나를 고민에 빠뜨렸다.

그토록 갖고 싶어 했던 빛나는 돌을 주지 않은 것은 잘못한 일이었을까. 하지만 그건 콩새한테서 받은 소중한 돌인데…… 이럴 때, 어떻게 하면 좋을까.

니콜라이 로마노프는 나를 고뇌의 늪으로 빠뜨렸다.

그런 내 고민도 모르는 채, 콩새가 기분 좋게 오두막 바깥 벽을 두드리기 시작했다.

태양은 점점 고도를 높여가고, 콩새의 그림자를 한층 짙게 벽에 인화하고 있었다. 콩새의 눈과 눈 사이의 얼굴 위에는 물방울 같은 빛나는 땀이 맺혀 있었다.

"콩새야, 오늘은 완전히 여름날씨구나."

"톡, 그런 것 같아, 톡."

"어때, 스케치하러 갈 수 있겠니? 이런 여름 날씨는 그렇게 많지가 않아."

"그렇지, 참." 콩새는 두드리는 것을 깨끗이 단념하고, 부랴부랴 두발로 뛰어서 오두막 안으로 들어왔다.

22. 한여름의 스케치

　그리고 한참이 지나서 우리들은 눈부실 정도로 빛나는 여름의 초원으로 뛰어들었다. 콩새는 언제나처럼 내가 만든 피로그가 든 바구니를 한쪽 날개로 들고, 나는 차를 듬뿍 채운 주전자 손잡이를 쥐고, 또 다른 쪽 손으로 화판 대용품인 나무판과 스케치북을 옆구리에 끼고 걸어갔다.

　연필은 콩새가 애용하는 멜빵가방에 잘 넣어갔다.

　초원 한가운데에 왔을 때, 카밀레의 새하얀 군락에 가려진 콩새가 벌써 반쯤 소리를 높였다.

　"빨리 저 개암나무 연못에 가서 목을 축이고 싶어."

　분명히, 여름이라고는 해도, 이렇게 더운 날은 많지 않았다. 나도 주전자가 꽤 무거웠기 때문에, 빨리 좀 쉬면서 차라도 마셔서 짐을 가볍게 하고 싶었다.

　냄새 좋은 크림 같은 하설초꽃 사이를 빠져 나가자, 여름

의 연못은 주변의 녹음에 둘러싸여서 스스로도 깊은 녹색을 호흡하고 있었다.

이런 더운 날이라도 물가 근처의 흰버드나무는 정말이지 시원하게 잎을 바람에 나부끼고, 빙글빙글 회전할 때마다, 마법처럼 바람을 은색으로 가르고 지나갔다.

"물푸레나무풀 냄새가 나지 않네."

"바로 아까 그 하설초의 향기 때문인가."

그러고 보니 그건 여름의 아주 근사한 저녁이었다. 콩새가 발견한 유성무리를 나는 볼 수가 없었다. 그 대신, 나는 콩새로부터 빛나는 돌이나 후광이 빛나는 이콘 조각을 받았다.

"여기서 뭔가 그려 볼까?" 내가 제안했지만, 콩새는 아까부터 곁눈질로 주전자를 흘끗흘끗 보면서, 어쩐지 별로 내키지 않는 목소리로 "으응"이라고 말할 뿐 아무것도 하려고 하지 않았다.

"그럼 그 전에 차 한 잔 마실까?"

"역시 그게 좋겠어." 콩새는 스스로 주전자 입구에 달려 있던 법랑컵을 빼내었다.

"밖에서 마시니까 어쩐지 더 좋은데." 콩새는 아주 만족해하며 차를 마셨다.

"설탕은 듬뿍 넣어두었어."

"그래, 그런대로 괜찮군." 단맛에 관해서는 조금 불만인 듯했다.

"잘 마셨어, 나 저쪽 물가 끝까지 좀 날아갔다 올게." 콩새는 법랑컵을 내려놓고, 휙 날아올랐다.

나는 그 컵에 차를 붓고 화판 대용으로 한 판자를 무릎 위에 놓았다. 스케치북에서 한 장 뜯어내 판자 위에 올려놓자, 문득 그때 눈에 떠올랐던 구도와 아주 똑같은 곳에 내가 있었다.

잘은 보이지 않았지만, 콩새는 개암나무의 무성한 가지 사이에 머물러 왠지 날개를 파닥거리고 있었다. 그사이 가지를 흔드는 바람에 콩새는 나뭇잎의 그늘에 잠겼다. 아니, 어딘가에 있을 테지만 여름의 강한 빛을 받아 반짝반짝 반사하는 잎과 잎 사이에 숨어 들어가 좀처럼 찾을 수는 없었다. 나는 양손으로 법랑컵을 붙잡으면서 희미한 미풍으로 생긴 파문 속에 몇 그루의 나무그림자가 흔들리는 모양을 멍하니 바라보고 있었다.

나뭇잎 사이로 지나가는 빛 속에서, 자기 자신도 온통 녹색과 흰 얼룩에 물들고 컵 속의 홍차도 짙은 녹색으로 보였다.

한 마리의 하얀 메추라기가 내 머리 위를 자꾸만 맴돌았는데 갑자기 불어온 한 차례의 바람에 실려 연못의 수면으로 떨어져 버렸다. 그리고 개암나무 쪽으로 떠오르더니 금세 수면을 반사하는 빛 속으로 녹아들어갔다.

그것을 쳐다보면서 하나의 죽음을 풍경으로 해버린 자신에게 조금 화가 났다.

하지만 우리들의 생은 결국 각자의 생각대로인 액자에 끼워진 풍경에 지나지 않는다고 생각한 적도 있다.

칙칙할 정도로 장식이 많이 된, 그래서 둔하고 무거운 액자. 담박하고 소박한 액자. 고작해야 가로대로 고정시킨 정도의 액자, 그리고 그 임시로 고정된 나무틀은 못이 빠져 어그러지기 시작한다. 희망에 불탄 무명의 젊은 화가의 이마도, 일용할 양식을 얻기 위해 타성에 젖어 그리기를 계속하는 나이든 영합화가의 이마도, 틀의 차이가 어느 정도 눈에 띈다고는 해도, 알맹이인 그림에 큰 차이는 없다. 결국 마지막에는 스스로 끝을 맺지 않으면 안 되는 이 짧은 인생의, 잠깐 동안의 증명에 지나지 않는 것이다. 하지만 이렇게 흘러가는 풍경인 우리들의 생을, 그야말로 풍경 그 자체로서 평범한 풍경으로서 액자 틀 속에 가두어 놓고 바라볼 수 있었다면, 그것은 조금 성공한 건지도 모른다.

그런 때, 우리들은 그 앞에서 가만히 발걸음을 멈춘다. 만약 어쩌면 그것은 액자를 잃어버린 그림일지도 모르겠다. 아니, 도화지도 그림물감도 없는 그림이다.

그것은 현실의 순간. 과거에도 미래에도 속하지 않는 이 짧은 순간일 것이다.

지금 콩새가 개암나무의 나뭇잎 그늘에서 나타난 이 순간이다. 그리고 그것을 보고 있는 나와, 그것을 둘러싼 이 녹음 우거진 연못이나 숲이나 초원이 만든 공간 전부이다.

나는 스케치북에 아직 아무것도 그리지 않았다는 것을 깨달았다. 풀숲에 내동댕이쳐진 콩새의 화판 위에도 역시 무엇 하나 그려져 있지 않았다.

우리들은 서로 의식하지 못하는 사이, 동시에 같은 것을 생각하고 있었는지도 모른다. 한여름의 풀숲에서 풍기는 풋풋한 향기 속에서, 생명이 잎 한 장 한 장에 비춰 빛나는 개암나무 가지 위에서, 그리고 그렇게 달아오르는 생각을 가만히 달래 주는 흰버드나무 아래에서 우리들은 미처 깨닫지 못하는 사이에 이 덧없는 순간을 필사적으로 쫓아가고 있었는지도 모른다.

갑자기 콩새가 저쪽 개암나무에서 일직선으로 이쪽을 향해 날아왔다. 그리고 아차 하고 생각할 겨를도 없이 내 옆에 내려앉았다.

"얀, 지금까지 자신이 더없이 만족해 마지않는 순간이 있었니? 아주 짧은 순간이라도 좋아. 예를 들면……"

"응, 있고말고. 바로 지금이야. 나는 지금 한없이 행복한 기분이야. 방금, 풍경에서 액자틀이 벗겨졌어. 살아 있는 것이 풍경으로 그대로 나타나 있는 거라구."

나는 개암나무의 그림자가 희미하게 흔들리고 있는 연못을 바라보았다.

콩새는 연못 저쪽 숲 위에 펼쳐진 하늘을 바라보면서 한마디만 말했다.

"그렇구나."

그 눈은 마치 숲 저편에 무한하게 펼쳐진 하늘을 자유자재로 여행하고 있는 것 같았다.

"콩새, 너는 두드리는 것이라든가, 빛나는 것을 모으느라 생이 늘 가득 차 있구나."

그러자 콩새는 조금 불만스런 표정을 하며 다시 한마디만 툭 내던졌다.

"그렇게 보이니?"

한참이 지나서 콩새는 다시 입을 열었다.

"오늘과 똑같이 빛나는 여름날은 두 번 다시 찾아오지 않을 거야. 아니 같은 여름날은 아무리 해도 찾아오지 않겠지.

하지만 오늘은 이것으로 마지막이야. 마치 저 물푸레나무풀 향기가 나는 여름의 저녁이 한 번 뿐이었던 것처럼."

"그렇군. 액자가 벗겨진 적은 좀처럼 없었을 테니까 말야."

콩새는 그 향기로운 저녁을 떠올리고 있는지, 눈을 찌푸리고 있었고 그 머릿속에서는 여름의 야상곡이 흐르고 있는 것 같았다.

"하지만 쇼팽은 아니야. 스크랴빈*이야."

콩새가 내 상상을 간파한 것처럼 선수를 쳤다.

"그렇군, 쇼팽은 너무 진부하니까 말야."

"그 정도의 감상주의는 좋아하지 않아. 소름이 오싹 끼친다구."

콩새는 쇼팽의 곡을 떠올리면서 머리카락을 조금 곧추세웠다.

그런데, 슬슬 흘러가는 생을 스스로 만끽하고 있는 풍경을 액자에 끼워넣게 되었다.

* 스크랴빈……(1872-1915)의 곡으로, 야상곡은 별로 없었는지도 모른다. 여기에서는 작품 9의, 〈왼손을 위한 녹턴〉을 예로 들었다. 초기의 스크랴빈은 쇼팽적이라고 일컬어지는데, 역시 음악적인 성격은 완전히 다르다.

우리들은 차를 가끔 마시면서 스케치를 시작했다. 그러나 눈앞에 있는 풍경은, 어느 틈엔가 풍경이 빠진 그림이 되어 갔다.

우리가 그리려고 했던 것은 앞으로 생각해 낼 것들의 흔적인지도 모른다.

그렇다, 이것이 추억이 된다는 것은 대강 짐작할 수 있다.

바로 지금, 강한 여름 햇빛 아래에서 온통 눈부신 빛으로 감싸진 우리들 세계도, 이미 반은 추억의 여름구름에 덮여, 빛남을 잃은 투명한 색채 속에서 가만히 아주 고요하게 남아 있다.

그것은 이제 어쩌면 완전히 추억의 세계로 들어갔는지도 모르겠다.

누구도 그리려고 하지 않는, 또 그려진 적도 없는, 스케치북의 한쪽이 있을 것이다.

나는 어느샌가 그리는 것을 그만두었다.

하지만 마음을 고쳐먹은 콩새는 열중해서 머리 위의 뭉게뭉게 피어오르는 여름구름을 그리고 있었다.

23. 사라져 가는 여름

짧은 여름이 끝나려고 하고 있었다. 저녁 바람이 한층 차가워지고, 어느 나무들도 가지를 힘없이 늘어뜨려 흔들림에 몸을 맡기고 있었다.

왜 계절은 끝나려고 할 때 그 최고의 아름다움을 우리에게 내던지는 것일까. 더 빨리 우리들 앞에 나타나 주었더라면 ......

요즘에 와서, 우리는 빨리 지나가는 여름을 안타까워하며 저 아쉬운 햇빛을 찾아, 숲이 끝나는 곳, 초원의 한가운데로 달려나간다. 그러나 차례차례로 흘러오는 구름의 일단에 태양은 갑자기 가로막히고, 초원은 근처 한 면에서 얼룩얼룩 빛날 뿐이다. 마치 회색의 바다에 떠 있는 작은 섬같이 빛나는 초지가 눈에 띄면 우리는 쏜살같이 달려간다.

그런데 나중 몇 걸음에 도착한 곳에서, 빛나는 섬은 잠겨

버린다. 구름의 그림자에 들어온 내 하얀 털은 그 빛을 잃고, 옅게 오염된 회색이다. 그리고 이 흐린 초원의 한 모퉁이에 핀 감청색의 도깨비부채의 군락. 그러나 그것은 남겨진 자에게 바치는 꽃다발에 지나지 않는다.

오늘도 콩새는 두드리러 왔는데 어쩐지 두드리는 박자에 리듬도 기운도 없었다.

한번 톡 하고는 한참 동안 간격을 두고, 다시 톡 하는 소리가 들릴 뿐, 마치, 중간중간 딴 생각을 하고 있는 것처럼, 톡, ……, 톡, …… 하고 있었다. 그리고, 자기가 먼저 차를 마시자고 재촉하는 것도 없이 내가 말을 걸 때까지, 그냥 막연하게 나무벽과 마주 보고 있었다.

"콩새야, 차 마시지 않을래?"

"으응, 톡……, 그래……톡, 그러자…….."

콩새는 조금 고개를 숙이면서 약간 기운 없는 발걸음으로 들어왔다.

"콩새야, 역시 올해도 떠날 거니?" 나는 조심조심 말을 꺼냈다.

"아, 으응, ……" 하지만 콩새의 머리는 반은 어딘가를 날아가고 있었다.

뜨거운 홍차를 받침접시에 옮기고, 부리로 후후 불어가면서 마시고 있는 콩새를 보고 있자니, 왠지 더 이상 물어볼 기분이 나지 않았다.

나는 작년 이맘때를 떠올렸다. 이동하는 것에 대해서 나는 더 이상 설명을 들을 필요는 없다. 이것은 습관이라든가 본능이라고 할 말한 것은 아니고 콩새의 숙명이다. 이동을 하지 않는 콩새는 콩새가 아닌 것처럼.

"콩새야, 올해는 언제쯤 출발할 거니? 조금 더 있다가 첫 가을바람이 불기 시작할 무렵에 갈거니?"

"그래, 그럴 거야"라고 말했지만 이미 얼이 빠져 있었다.

이런 상태라면 아직 멀었을 것이다. 작년에 결단했을 때의 패기는 전혀 느낄 수 없었으니까.

짧은 여름이 끝나려고 하고 있었다.

반은 방심한 것 같은, 그리고 때때로 우울하게 가라앉은 것 같은 콩새의 옆얼굴이라든가 전신의 표정이, 결국 날개털의 손질이 거의 되어 있지 않은 것 같은 느낌이 들었다. 머리털이 거꾸로 서 있지 않은 것이 그나마 다행이었지만.

그런 멍한 자신의 모습을, 콩새는 설탕이 가라앉은 홍차 속에서 찾아냈던 것 같다.

"어쩐지 신통치 않은데."

"여름이 가버리는 것 같아. 이상하군. 가을이 지나갈 때는

204

우리들은 가만히 그 뒤를 따라 숲에서 숲으로, 초원에서 초원으로, 수풀에서 수풀로 무턱대고 무의미하게 걸어 돌아다녔는데. 여름이 지나갈 때는 쫓아가는 것도 할 수 없고, 그냥 이렇게 여기서 꼼짝 않고 바라보고 있을 뿐이니 말야."

"얀, 그건 말야, 가을은 정말 가을이 스스로 지나가는 거니까, 우리들은 쫓아갈 수 있었던 거야. 그러나 여름은 어딘가로 가버리는 것은 아니고, 언제까지라도 이대로 여기에 있고 싶은 거야. 그런대로 우리들의 여름에 대한 의식은 자연스럽게 엷어져 흥미를 잃고 다소나마 싫증이 나버리지. 과연, 얀 너는 한여름 속에서 자작나무의 노란 잎과 그것을 보면서 차 마시는 시간을 상상하거나 하겠지. 여름풀을 밟으면서, 마른 잎이 쌓인 오솔길을 바스락바스락 걷는 것을 생각하고 있지는 않니? 여름은 자연스럽게 살짝 스스로 사라져 가지. 우리들 의식 속에서. 그러니까 아무리 쫓아가 봤자 소용없어."

"그럼, 바로 지금, 창 밖에서 막 끝나려고 하는 여름의 하루는, 우리들 의식의 짓이로군."

"그래 맞아." 콩새는 아주 조금 한숨을 쉬면서 창 밖을 바라보았다.

"하지만 나는 정말 아직 여름으로 있었으면 좋겠어. 그런데도 지나가 버릴까? 아니 사라져 간다고 하면 될까."

"아니, 가령 지금은 그렇게 생각되어도, 한 번이라도 지금 이야기한 것처럼 가을에 관한 것이나 겨울에 관한 것을 생각한다면, 여름은 더 이상 안돼. 여름은 그렇게 보이고, 꽤 상처받기 쉬워."

콩새의 명쾌한 설명에 내 오랜 세월의 의문은 해결된 것처럼 느껴졌다.

그것은 눈부신 여름만은 아니다. 우리가 스스로의 의식 속에서 상처 주고 상처받고 어느샌가 잃어가는 것은 수를 헤아릴 수 없다. 그리고 이 현실의 세계에서 앵두나무의 분홍꽃도, 물푸레나무풀의 향기도, 여름의 비구름도, 나무딸기 관목에 붙은 무수한 빨간 열매도 어느 틈엔가 사라져 버릴까.

우리들 의식은 현실을 끊임없이 상처 입히고 사라져 가게 하면서 전진을 계속한다. 그리고, 그렇기 때문에 이 지상은 과거의 기억이 남아 있는 도랑에 다 채워지기도 전에 차례차례로 새로운 계절이 찾아오는 것이다.

만약 우리들의 의식이 현실을 잃게 하는 힘을 갖고 있다면, 반대로 새로운 세계를 우리들 의식이 창조해 내는 것은 할 수 없을까.

"그러면, 덩굴월귤의 루비 같은 열매는 우리들의 의식이 창조해 낸 것은 아닐까?" 나는 콩새에게 질문했다.

"아니, 그건 다르다고 생각해." 콩새는 다시 가볍게 한숨을 쉬면서 대답했다.

"우리에게 그런 능력은 없어. 절대로."

"그럴까?"

"무언가를 창조해 내는 것은 우리들의 의식을 초월한 자 뿐이야. 그것이 신이라도 해도 좋아. 우리는 잃는 힘밖에 갖고 있지 않아."

"정말 그럴까?"

"그래. 절대로 안 된다구 우린."

이번의 콩새의 말은 나를 설득할 수 없었다.

저 눈의 결정에 매몰된 속에서 루비처럼 짙은 적색을 띤 덩굴월귤 열매는, 내가 쥐고 있던 손바닥 안에서 내 의식이 새롭게 태어난 겨울의 보석은 아닐까.

여름 끝의 저무는 해는 창틀 아래로 숨었다.

우리들의 시시한 토론 사이에 안타깝게 영광의 시간을 질질 끄는 여름의 마지막 빛이 금방이라도 사라질 것처럼 풀과 풀 사이를 동요하고 있었다.

콩새의 머리털이 금색으로 물들고 그사이 온몸에 황금색의 빛을 받은 모습이 역광 속에 잠시 우두커니 서 있었다.

　그것은 내 의식이 만들어 낸 것일까, 아니면 내 의식으로부터 잃어가는, 아니 내 의식이 여기서부터 현실에서 사라져 가는 것일까.

　그리고 며칠 후에 콩새는 떠날 결심을 했다.

24. 보이지 않는 잉크

이렇게 하여 여름은 깨끗하게 끝이나 버렸다. 첫 가을바람의 예고라고 해야 할, 뭔가 처량함을 동반한 미풍이 끊임없이 느껴졌다. 그와 동시에 아직 가을은 훨씬 먼 것처럼 생각되었다.

이렇게 아주 조금 감상적인 날은 나폴레옹을 만들기에 안성맞춤이다. 왠지 이도저도 아닌 애매한 계절만큼 달콤한 것이 그리울 때는 없다. 그것은 콩새도 마찬가지인 것처럼 보였다.

나는 어제 오랜만에 곰 아저씨 오두막에 가서 변함없이 야윈 소와 건강한 닭의 우유와 달걀을 받아 왔다. 축음기는 부서진 채로 그대로였지만 아저씨는 다시 내가 모르는 곡을 콧노래로 부르면서 책상에 앉아 뭔가 열심히 쓰고 계셨다.

"얀, 또 나폴레옹을 만들려고 그러니?" 곰 아저씨는 파랗고 둥근 안경을 낀 채로 나를 흘끔 보더니 다시 열심히 쓰기 시작했다.

"예, 잘 아시네요."

"이만큼 나이를 먹으면 알게 된단다. 게다가 이런 어중간한 날씨엔 말이다. 한여름 오후의 나른함과는 다른 지나가는 여름의 쓸쓸함 말이다."

"저, 콩새가 가르쳐 준건데 여름이 가는 것이 아니라 우리의 의식이 잃어가는 것이래요."

"얀, 그건 아니야. 여름은 우리 의지로 사라져 가는 거야. 가을도 겨울도 봄도 우리 스스로 생각해서 찾아왔다가 다시 가버린다. 결국에는 이 나이를 너무 많이 먹은 곰도 가버리는 거다. 스스로의 안에 서식하는 신의 의지로 말야. 확고한 의지란다. 누구도 멈출 수 없어. 우리들의 의식 따위로 정말 멈추게 하거나, 사라지게 할 수는 없는 거야."

"분명히 가을은 스스로 가버리는 거지만, 여름은 우리가 상처를 주어 사라지는 거예요. 게다가, 어쩌면 겨울이나, 봄도 우리 의식으로 세상에서 잃어가는 거죠. 아, 잠깐만요. 겨울은 다를지도 모르겠어요. 겨울은 어느 날 갑자기, 스스로의 의지로 일어서서 가는 건지도 모르죠. 홀연히. ……아니, 역시 그 전에 우리가 지독히 겨울을 외면한 날이 있을 테니까요……"

"아하하하. 얀은, 여전히 고뇌하는 무신론자로구나. 그렇게도 신의 의지가 싫으냐? 그 콩새인가 하는 녀석도 신을 부정하나 보구나."

"아뇨, 콩새는 토론이 결론에 이르는 마지막 부분에 이르면, 갑자기 신을 인정해도 된다고 말해요. 예를 들면 빛이라든가 우리의 손이 닿지 않는 것으로서 말이죠. 그래서 말하자면 빛나는 돌이라든가 그런 걸 좋아하는 걸까요?"

"새는 빛에 민감하니까. 이동을 할 때는 태양의 방향, 빛이 오는 방위를 확인하는 거야. 우리의 감수성을 좀 초월한 능력이기도 하지. 하지만 그것과 신의 존재는 별개라고 생각하는데."

"저는 우리의 의식이 여름을 잃어버리게 하는 힘을 갖고 있다면 뭔가를 창조해 내는 힘도 있다고 생각해요. 과연, 설원에 구를 때, 눈앞에 뾰로통하게 얼굴을 내밀고 있는 덩굴월귤의 진홍색 열매는 우리들의 의식이 만들어 낸 것은 아닐까요? 저 여름의 들판에 핀 카밀레는 우리의 덧없는 꿈의 무의식이 찾아낸 것이 사시나무 잎이 바람에 흔들리는 소리는 우리의 고동 소리가 들리는 거구요."

"무신론자의 시인에게 신의 축복이 있기를! 아니, 네 안에 살고 있는 작은 시인의 신에게 악수를 청하고 싶구나."

곰 아저씨는 느닷없이 내 손을 잡았다. 곰 아저씨의 손은 생각보다 작게 느껴졌다.

"그 새는 이동하러 가겠구나. 그러고 보니 이제 슬슬 이동할 계절이 되었네. 하루하루가 어쩐지 안타깝겠구나."

"네, 하지만 다음 봄에는 꽤 빨리 돌아올 거예요. 올해도 그랬으니까."

"글쎄다. 너무 멀리까지 가지 않으면 바로 돌아오겠지. 그런 점에서 우리 포유류는 다행이다. 어쨌든 우리는 겨울잠을 자버리니까 말이다. 아아, 그러고 보니 얀 너는 겨울잠을 자지 않는 것 같던데, 왜 그러지? 이해하기 힘들구나. 겨울이 가까워지면 막 졸리지 않니? 너무 이것저것 고민하지 말고, 이번 겨울에는 다 잊어버리고 잠을 자면 어떻겠니?"

"아마, 매일 잘 자니까 그런가 봐요. 할 일이 없으면 이것저것 좀 생각을 하다가 그 다음에 바로 잠들거든요."

"그렇구나. 고양이과는 좀 잠꾸러기로구나." 곰 아저씨가 말을 마친 순간, 내가 열어젖혀 놓은 채 있던 문에서 생기 넘치는 닭이 마룻바닥을 박차고 꼬꼬댁거리면서 뛰어들어 와서는 떠들었다.

"잠꾸러기 고양이, 잠꾸러기 고양이" 그리고는 떠들면서 무슨 급한 일이 있는지, 열린 창문으로 휙 하니 날아서 나가 버렸다.

그것을 다 지켜본 후, 곰 아저씨는 다시 허밍으로 왈츠를 부르면서 뭔가를 쓰기 시작했다.

곰 아저씨의 손놀림을 보니 펜은 분명히 움직이고는 있었지만, 거기에는 아무것도 쓰여 있지 않았다.

분명 그 파란 안경을 통해서 밖에 보이지 않는 잉크로 쓰고 있었을 것이다.

그게 아니라면 펜 끝에서 나온 잉크는, 노트에 스며들 틈도 없이 눈 깜짝할 사이에 공중으로 날아가 한 글자의 흔적도 남기지 않고 사라져 버리는 걸까?

어쩌면 곰 아저씨는 마음속으로만, 시나 소설이나 철학을 써서 남겨 놓고 있는지도 모른다. 가공의 노트에 가공의 펜으로 그리고 가공의 잉크로. ⋯⋯가공의 세계를.

그렇다, 허구는 허구의 세계를 만들어 내고 다시 스스로의 공에 갇혀 버린다. 우리들은 그 차가운 바깥쪽을 살짝 들여다보면서 결코 끝난 적이 없는 여행을 계속한다.

우리들 한 마리, 한 마리가 사라진 것들도 허구의 공이 되어 도처에 흩뿌려져 구르고 새로운 생명과 서로 맞닿은 적이 있을 것이다. 그리고 이것은, 그야말로 신이 창조한 것은 아니며 틀림없이 우리가 만들어 낸 것이다.

그리고 그것이 아름답고 음전한 것이라고 한다면 언제까지라도 사라지지 않고 남아 있을 것이다. 그렇다, 언제까지나⋯⋯.

25. 의식의 기구

  나는 도대체 몇 번 이 오솔길을 걸은 것일까. 6월의 아직 새로운 녹음의 가운데를, 숨이 콱콱 막힐 듯한 여름의 훗훗한 열기 속을 그리고 눈부신 황금의 가을색 바다 속을.

  그리고 오늘도 또, 여느 때와 마찬가지로 구워 낸 나폴레옹을 소중하게 안고서 올해 처음 맞는 가을바람에 떠밀리는 것처럼 묵묵히 걸음을 재촉하고 있었다.

  꼭대기가 마른 커다란 전나무를 앞질러 허름한 오두막 옆에 생긴 작은 연못을 보았을 때, 여느 때와 다른 모습에 놀랐다. 물이 거의 말라 있고 남은 수면에서 바닥의 진흙이 잘 보였다. 그 개암나무가 서 있는 연못보다 훨씬 작은 이 연못에게 있어서는 날씨가 모든 것이었다. 그리고 보니 올 여름은, 초원을 방활하는 사이에, 비가 내린 적이 별로 없었는지도 모르겠다. 물이 거의 없는 연못이라는 것은 너무 황량한 것이었다. 작은 물고기나 수중의 벌레가 숨겨진 바닥의 돌도 질퍽질퍽하게 반쯤 마르기 시작한 지면에 어쩔 수 없이 구르고 있을 뿐이었다. 물가의 풀도 말라 버려 쓰러지거나 꺾여 있었다. 연못을 떠나려고 했을 때, 남겨진 물웅덩이 안에서 네 알의 작고 거무스레한 열매를 발견했다.

나는 아주 조금 가라앉은 기분으로 다시 숲길로 들어갔다.

울타리 앞의 산사나무 열매는, 반은 붉은빛은 띠고 있었지만 광택이 없었다. 나는 나폴레옹을 담은 보따리가 작은 가지에 걸리지 않도록 신경 써서 잘 안고 이 덤불 속을 빠져 나와 온통 녹색으로 물든 잡목림 속으로 걸어 들어갔다.

저택은 어중간한 오후의 빛 속에서 볼품없이 서 있었다. 녹색 페인트는 여러 군데 칠이 벗겨져 떨어져 나무판은 속이 노출되어 있었다. 창틀의 흰색도, 이제 그것이 칠해져 있었는지조차 거의 알 수 없을 정도로 엷어져 있었다.

여기저기 나뭇조각이 빠져 나간 테라스를 주의 깊게 건너서 벌써 경첩이 완전히 떨어져 그냥 세워져 있을 뿐인 문의 틈새를 통과해 1층의 거실로 들어갔다. 실내는 어딘지 모르게 산뜻한 인상을 주었다. 곳곳에 나무판으로 막힌 그대로의 창 외에는 밝게 바깥의 빛이 내리쬐고 높은 창문에서는 그야말로 교회의 스테인드글라스를 통과하는 빛처럼 희미한

미하일 훌리오노프(1881-1964)풍 레요니즘(광선주의)의
〈콩새와 새 모양을 한 사모바르〉

무지개색을 띤 태양 빛이 실내의 공간을 지나가는 대담한 대각선을 그리고 있었다. 그리고 그 어슴푸레한 청색의, 은은한 핑크의, 그리고 담담한 녹색이 섞인 빛이 교차하는 중심에 콩새가, 균열이 생겨 갈라진 테이블을 향해 멍하니 앉아 있었다. 테이블 끝에는 처음으로 보는, 아르데코풍의 조금 다른 구형으로 디자인된 작은 사모바르가, 압도적인 금색으로 빛나고 있었다. 자세히 보니 그것은 새 날개 모양의 손잡이와, 새 머리와 부리 모양으로 된 주둥이를 갖고 있었다.

빛 속에 녹아든 콩새의 모습은, 부리 끝부분과 눈언저리의 검은 테두리와 어깨 주변의 날개 윤곽 외에는 확실히 알아볼 수 없었다.

콩새는 빛 저쪽에 있었다. 그것은 다가오는 것 같다가 아득한 먼 곳으로 끊임없이 도망쳐 가는 신기루 같기도 했다.

나는 오랫동안, 나폴레옹을 안고 그 자리에 서 있었다. 아니, 그런 기분이 들었을 뿐이고 사실은 "어, 얀" 하고 콩새의 목소리가 바로 들려왔다.

"정말 멋진 사모바르인데?"

"으응, 지붕 안쪽의 잡동사니 속에서 갑자기 나온 거야. 순전히 기적이지. 이런 것이 남아 있다니 말야. 좀 닦았을 뿐인데 이렇게 빛나는 것 좀 봐."

"정말 굉장하다."

"그럼, 굉장하고말고."

"그래서 거기다 차를 끓여 마셔 보았니?"

"아니, 아직. 얀 너하고 같이 처음 한 잔을 마시려고 생각하고 있었어. 조금만 기다려 봐."

콩새는 안에서 유리컵 두 개와 받침접시를 두 개, 양쪽 날개로 어떻게든 떨어뜨리지 않도록 들고 왔다. 컵에는 스푼이 들어 있었다.

"아 참, 설탕을 깜박 잊었네. 잠깐만 금방 가져올게." 콩새는 기쁨을 억누르지 못하고, 거의 날듯이 두어 걸음 다시 안으로 들어갔다.

낡고 평범한 컵이 높은 창문에서 내리쬐는 빛에 비춰져서 섬세한 정물화 같았다.

천장을 올려다보니 갈라진 샹들리에가 빛을 받는 것도 없이, 옅고 어두운 실내를 조용히 바라보고 있었다. 나는 나폴레옹을 보따리에서 꺼내 테이블 위에 놓았다.

콩새가 금방 설탕을 컵에 넣어서 돌아왔다. 그리고 테이블 위의 모습을 좀 떨어진 곳에서 보더니,

"이거 호화로운걸!"이라고 한마디 중얼거렸다.

테이블 위에는 유리컵과 받침접시와 스푼과 나폴레옹, 그

리고 사모바르밖에는 없었지만 그야말로 그밖에 아무것도 없기 때문에 더욱 근사하고 아름다워 보였다.

"어, 잠깐만 기다려 봐. 식탁보를 잊어버렸네." 콩새는 당황하며 다시 안으로 되돌아갔다.

아무런 장식도 없는 하얀 천 위에, 유리컵에 채워진 홍차가 깊은 호박색의 그림자를 떨어뜨리고 있었다.

사모바르도 더욱더 훌륭하게 빛나고 있었다.

"좋은데." 콩새가 우두커니, 그러나 진심으로 한마디 말했다.

"정말 그렇구나, 이런 사모바르는 좀처럼 찾기 어려운데? 정말 멋있어."

"아니, 나폴레옹이 좋단 말야." 콩새는 포크를 입으로 가져갔다.

"역시 나폴레옹은 언제 먹어도 훌륭해." 한 조각을 후딱 먹어 치우고 콩새는 이쪽을 향해 말했는데, 시선은 분명히 테이블 옆쪽에 남은 나폴레옹으로 쏠려 있었다.

"그래? 맛있으면 한 조각 더 먹을래? 모처럼 만들어 왔으니까, 더 먹어."

"그럼 그래 볼까. 잘 먹을게. 그런데 내일이 되면 맛이 없

220

어진다구." 콩새는 두번째 조각을 먹기 시작하면서 말을 이었다.

올해 들어 처음으로 부는 가을바람이 흠칫거리며 유리가 없는 창문으로 스며 들어왔다. 그리고 콩새의 머리카락을 아주 살짝 어루만지고 내가 좋아하는 섬세한 레이스 천의 가장자리를 가볍게 흔들고 지나갔다. 그러자 먼 잡목림 잎의 술렁거림이 희미하게 들려오는 것 같은 기분이 들었다. 이렇게 해서 가을바람은 매일 조금씩 성장해, 보다 대담해져 갔다. 그리고 거칠게 휘몰아치는 눈보라 속에서는, 더 이상 그 그림자조차 내밀지 못할 것이다.

우리들의 의식이 가을바람을 사라지게 하고 새로운 눈보라를 탄생시켰으니까.

온갖 것들의 순간의 생을 규정하는 것은 틀림없이 우리의 의식이었다.

특별히 그것은 살아 있는 것에만 한정되지 않는다. 지상 세계의 모든 것은 우리들의 의식 안에 있었다.

느닷없이, "얀, 요즘 이야기인데, 역시 우리들 의식이 어떤 것인가를 만들어 낼 수가 있을까?" 콩새가 조금 엄숙한 어조로 나에게 물어왔다.

"응, 그렇게 생각해. 틀림없이, 우리들 의식은 잃는 것만이 아니라 만들어 내는 것도 할 수 있을 거야. 어떤 것인가를 창조하는 것은 신은 아니야. 우리들이라구."

"그것은 이 컵이나 운명이나 숙명도 되는 거야? 천국이나 내세 같은 것도 말이니?"

"물론이지. 모든 것을 포함해서."

"그런가. 그럼 그 설이 옳은 것이라면 나도 이동을 그만두고 새로운 운명을 짊어질 수 있겠네."

"그래 맞아. 그러니까 전부터 말했던 것처럼, 한 번 시험 삼아 여기서 겨울 한해를 지내 보면 좋겠어. 분명히, 어떻게든 참고 견뎌낼 수 있을 거야. 내가 매일 뜨거운 수프도 만들어 올 테니까, 거기다가 땔감으로 쓸 것도 모아다 주고. 그리고 여기저기 뚫린 구멍도 막고 문도 새로 고치자. 그리고"

"우리들의 의식이 뭔가를 만들어 내듯, 다른 것이, 예를 들면 언치새 패거리의 의식이 뭔가 다른 것을 만들어 내고 까치도 그런 식으로 뭔가 다른 것을 만들어 내서 그런 너저분한 의식의 창조물들이 여기저기 넘친다면 어떻게 될까?"

"그거야, 허구의 공이지."

"뭐?"

"우리들 의식이 만들어 낸 허구의 공은 그 근방 안으로 흩어지거나, 지상의 구석구석이나 하늘 위에 떠 있거나 하겠지. 그것은 스스로 완결된 의식의 공이야. 그 다양하고 무수한 공과 서로 맞부딪치는 것은 정말 귀중하고 재미있는 체험이지만, 안에서는 어떻게도 할 수 없는 자기 만족의 덩어리 같은 지독한 것도 있어. 그런 에고이스틱한 녀석과 만나는 게 거추장스럽다고 생각한다면 바늘로 구멍을 뚫으면 돼. 금방 사라질 테니까 말야."

"정말 그럴까?" 콩새는 반쯤 어이없다는 얼굴을 하고 말했다.

"그래, 어떤 훌륭한 공이라도 무의미한 것은 사라지고 말아. 결국 우리가 만들어 낸 것들이니까."

"아니, 예를 들면 언치새나 까치가 만들어 낸 것이지."

"아니, 결국 그것도 우리가 만들어 낸 것이야. 테라스에 좀나가 보지 않을래?" 나는 제안을 했다.

태양은 어느새 기울어 있었다.

서쪽의 낙엽수 숲에서 잎과 잎 사이를 통과한 빛이 우리들 얼굴에 닿았다. 엷게 안개 낀 하늘은 온통 푸르고 맑게 개어 있고 바람이 기분 좋게 불어왔다.

이 투명한 가을의 시작인 대기를 호흡하며 우리는 아무 말

없이 테라스에 서 있었다. 단, 나는 스스로도 깨닫지 못한 사이에 스푼을 한 손에 쥐고 있었다.

"가령, 스스로가 아무리 배가 고팠기 때문이라고 해도 때마침 열매가 열려 있지 않다고 해서 무화과에 분풀이를 할 것까지는 없다고 생각해. 더구나 그것을 말려 버리는 것 따위는 어쩐지 제멋대로인 것 같아.* 그런 에고이스틱한 생각은 버리는 편이 나아. 무화과가 너무 불쌍한 것 같지 않니?"

나는 그렇게 말하고, 눈앞에 떠오른 꽤 큰 공기방울에 스푼 손잡이를 힘껏 꽂았다. 공기방울은 흔적도 없이 사라졌다.

공기방울이 파열된 순간, 십자가가 보였던 것 같은 기분이 들었지만 그것은 역광이 만들어 낸 환영이었는지도 모른다.

"사라졌어." 콩새는 우두커니 말했다. "굉장히 큰 놈이었는데."

"그럼, 가령, 우리들의 전설에 등장하는 팔레스타인의 이스라엘새가 무법으로 점거해서 날조한 모사드* 국가도 사라

---

* 마태에 의한 복음서 제21장, ——아침 일찍 예루살렘으로 돌아올 때, 예수는 배고픔을 느끼고, 길가에서 한 그루의 무화과나무를 발견했는데, 잎밖에는 아무것도 붙어 있지 않았다. 예수는 그 나무를 향해, "지금부터 나중까지, 너에게는 열매가 열리지 말지니"라고 말하자, 무화과나무는 그 자리에서 여기저기 말라 버렸다.——
* 모사드……현재 이스라엘의 비밀경찰.

질 거야." 콩새는 진지한 얼굴을 하고 있었다.

"그래, 사라질 거야. 허구가 허구를 만들어 낸 것이라면 뭐든지. 아름답고, 음전하지 않은 것은 점점 사라지게 해버리면 돼."

"정말 그렇게 생각하니?"

"물론. 방금 봤잖아."

"그렇군."

"하지만 그건 사라지지 않아. 저렇게 높은 구름 위를 기분 좋게 흘러가잖아. 지상을 지배하지 않고 가볍게 떠다니며 끝없는 여행을 계속하는 저와 같은 공기방울은, 정말 아름답고, 조금도 억지로 강요하는 기색은 없으니까 말야. 우리들 공통의 의식이 만들어 낸 것이라구!"

내가 발견한, 잡목림의 아득한 위, 가을 하늘 높이 흘러가는 공기방울은 마치 하늘을 산책하는 기구처럼 답답한 중력으로부터 유유히 해방되어 있었다.

"얏, 저건 역시 기구야." 콩새는 눈을 가늘게 뜨고 말했다. "하지만 이상하다, 왜 이런 곳을 날아가고 있는 걸까."

"나에게는 그냥 공으로밖에 보이지 않는데."

그 동그란 것의 허구는, 아니, 눈이 좋은 콩새의 결론에 따르면 그 기구는 잡목림의 저쪽으로 잠기려고 하는 가을의 최초의 황혼 속에서 금색으로 빛나고 있었다. 마치 콩새의 기적적인 사모바르처럼.

기구는 온화한 바람에 실려 대강 남쪽 방향으로 향하고 있었다.

콩새는 숙연하게 날아가려는 기구를 꼼짝 않고 올려다보면서 힘을 주어 말했다.

"어쩌면, 저건 카프카스의 산을 넘어, 소아시아, 시리아, 팔레스타인까지 날아갈 거야."

"그래"라고 말할 뿐, 나는 뭐라고 대답해야 좋을지 잘 몰랐다.

나에게는, 저것이 정말 기구인지 의문이 남아 있었기 때문에.

지금도 그 일을 떠올릴 때마다, 그건 역시 우리들이 공유한 의식이 합작해 낸 허구의 공은 아니었을까 생각한다.

오로지 아름답고 가볍고 지상의 얽매임으로부터 완전히 해방되어 영원히 여행하는 우리들의 의식이라고.

밤이 반쯤 지날 때까지 우리는 즐겁게 이야기를 나누며, 내년 봄의 재회를 약속하고 나는 별장을 뒤로 했다.

밤길도 그리 적막하지는 않았다. 모든 것이 가득 채워져 있었으니까.

그리고 이틀 후에, 콩새는 이동할 채비를 했다.

그것은 남서쪽 방향이었다.

26. 스타바트 마테르

　깊은 장화를 신은 가을은 한 걸음 한 걸음 풀을 밟으며 덤불을 헤치고 들어가 관목의 작은 가지를 가르면서 자작나무 줄기를 달려 올라갔다. 그리고 가지와 가지 끝에는 새파란 하늘이 펼쳐져 있었다. 그야말로 구름 한 점 없이 멀리 바라다보이는 한, 노란 잎의 넘실거림이 숲이나 초원을 뒤덮고 있었다.

　바람이 유달리 강하게 부는 오후, 숲 변두리 연못의 수면은 노란 잎으로 점점 메워져 갔다. 그래도 바람의 길에 잇따라 투명하게 비쳐 보이는 수면이 얼굴을 내밀자 연못 주변의 하얀 나무껍질이 흔들흔들 내비춰졌다. 그런데 그것을 가만히 지켜보고 있었던 것은, 장화를 신은 가을이 아니라 남겨진 나 자신이었다.

나는 콩새에게도, 그리고 지금 또 깊어가는 가을에도 남겨지려고 했다.

어느 쪽도 내 의식이 잃게 하려고 하는 것은 아니고, 스스로의 의지로 스스로의 발걸음으로 나한테서 멀어져 가려고 했다. 나는 알 수 있었다. 이번 콩새의 여행은 이동은 아니었던 것이다. 콩새는 자신의 숙명에 매듭을 짓고 날아갔다. 그것은 투쟁하기 위해서일까, 무엇을 위해서, 어째서? 이제 평생 이동을 하지 않고 생을 마치려는 걸까? 동경의 땅에서 살기 위해서일까, 아니면 어중간한 생활을 버리고 운명과 정면으로 대응하기 위해서?

그와는 반대로, 나는 언제나 이 초원과 숲이 너저분하게 만들어 낸 풍경 속에 멈춰서 있을 뿐이었다. 그것은 단순히 네 발과 날개의 차이에 지나지 않은 것일까?

하지만 나에게는 이룰 방법이 없었다. 나는 그냥 이 풍경을 애처롭고 슬프게 생각하는 것밖에 할 수 없었다. 마치 언젠가 만났던 검은뇌조처럼.

그렇다, 액자에서 떨어져 나와 생긴 풍경을 바라보는 것은 괴롭고 슬픈 일이었다.

나는 어쩔 수 없이, 스스로 완결하는 의식의 구형에 그것들을 가두어 버렸다. 하나, 둘.

어쩌면 곰 아저씨처럼, 보이지 않는 잉크로 가공의 노트에 장황하게 써 내려가고 있는지도 모르겠다. 슬픔을 흔적으로 남기지 않도록. 그러니까 곰 아저씨의 펜 끝에서는 어떤 글자도 남겨지지 않았던 것일까!

곰 아저씨의 허구의 공에는 그런 아름다움이 배어 있었던 것이다.

나는 가을의 초원을 가로질러 숲 속 길로 들어갔다. 공기는 차갑고 맑았다.

테레빈 유의 향기가 났다. 방금 막 떨어진 마른잎이 은은한 땅의 습기를 유지하고 있었다. 그것도 냄새로 알았다. 그것은 마른잎이 가진 아름다움의 조심스러우며 소극적인 표현이었다.

나는 길에 수북이 쌓인 새로운 낙엽 위를, 발 안쪽의 감촉을 즐기면서 걸어갔다. 한발 한발 걸어 나갈 때마다, 그것은 숲의 습기를 머금어 아직도 윤이 나고 싱싱했다.

숲과 숲 사이의 텅 빈 지대로 뛰어나갔을 때, 콩새가 신록의 스케치에서 그린 구도가 눈앞에 나타났다.

나는 콩새가 떠나 버린 후 내 시선이 어느 정도 높아져 있다는 것을 깨달았다. 숲이나 수풀의 나무들 꼭대기와 그 위에 펼쳐진 끝없는 하늘을 자주 올려다보고는 멈춰 섰다. 그리고 아무리 맥이 풀린 커다란 전나무라도, 그 끝은 끊임없이 조금씩은 바람에 나부끼고 있다는 걸 알았다. 그 희미한 떨림은 나무에서 나무로 번져서 숲 전체로 전달되어 갔다. 나무들의 술렁거림은 숲 끝까지 도달하자 어느샌가 조용히 사라져 갔다.

그리고 갑자기 뭔가를 생각해 낸 것처럼 손을 흔드는 숲 입구에 선 낙엽수의 마른 가지.

뭔가가 날갯짓하자 그 가지가 떨어져 나갔다.

이렇게 숲과 숲 사이의 빈 지대에 하루 종일 있어도 싫증나는 적은 없었다.

녹색 풀 위에서 나는 한가로이 뒹굴며 하늘을 보았다.

내 시야 안에서 낯선 새가 재빠르게 지나가 이 평온한 공간에 한순간의 긴장을 가져다주었다.

하지만 한참 지나자 그것은 가을의 투명한 공기를 한층 더 두드러지게 하는 연출이라는 것을 알았다.

정말 모두는 그냥 가버리는 것뿐일까. 이 가을 아래에서는.

장화를 신은 가을과 함께. 다시 한 번, 개암나무가 흔들리는 수면을 흰버드나무 아래에서 바라봐주지 않을까? 번져 보이는 눈동자가 유성무리를 포착할 수 없더라도.

축음기가 두 번 다시 오래된 왈츠를 연주하지 못하더라도.

풀이 바람에 날리고 바람이 살랑거린다. 가을의 공기에 달라붙어 녹아 들어간다.

여러 장의 마른잎이 춤추며 올라가 하얀 나무껍질에 달라붙는다.

내 작은 의식의 공은 상공을 회오리치는 기류에 삼켜지자 눈 깜짝할 사이에 어딘가로 날아갔다.

더 이상 그것을 쫓아갈 필요도 없을 것이다.

나는 일어나서 어두운 침엽수 숲으로 들어갔다.

한참을 걸었을 즈음, 멀리 나무들 사이에서 희미하게 어렴풋이 슬프고 그리고 안타까운 선율이 바람에 실려 희미하게 흘러왔다.

스타바트…… 마테르……, 스타바트 마테르……,

돌로로사…….

그리고 다시 희미하게 들려온다. 왈츠 같은 슬픈 노래가.

나는 출발점으로 되돌아온 느낌이 들었다. 이 이야기의

……

이야기는 끝나는 적 없이 다시 반복되는 걸까. 마치 곰 아저씨가 허구의 공을 보이지 않는 잉크로 영원히 써 내려가고 있는 것처럼.

오두막 앞까지 왔을 때, 그것은 틀림없이 그 선율이었다. 어릴 때, 거리의 악사들이 연주했던 기억의 끝자락에 겨우 매달려 있는 것 같은 곡.

"얀이니? 어서 들어오너라." 요즘 들어 나이가 더 들어 보이는 곰 아저씨는, 언제나처럼 아직 노크도 하지 않은 나를 알아맞혔다.

"네. 저기, 이런……" 나는 조금 초조하게 말하면서 문을 열었다.

"그래. 이 곡이야. 네가 쭉 궁금해하던 곡이란다."

"네에, 축음기를 고치셨군요. 소리가 잘 나네요. 그래요, 이 곡이었어요."

"그래. 물건 파는 떼까마귀가 말이다, 마을로 나갔을 때, 부서진 곳의 부품을 찾아서 갖다주었단다. 전보다 더 잘 들리는 것 같구나." 곰 아저씨는 열심히 뭔가를 쓰면서 때때로 내 쪽을 보았다. 그 얼굴은 정말 기뻐 보였지만 곡은 슬펐다. 방구석의 페치카에서는, 여느 때와 같이 기운 넘치는 닭이

──최근에는 옛날처럼은 아니었지만──노트 무더기를 한 장씩 뜯어 태우고 있었다.

활활 타오르는 순간, 노트에서 아름다운 시구가 차례차례로 떠올라 가는 것처럼 생각되었다.

닭은 자기 몸에 불똥이 튀어도 묵묵히 계속해서 종이를 태웠다. 닭의 발은 진흙투성이었다. 그리고 작게 중얼거리는 듯한 목소리로, "온통 완전히 진흙투성이군⋯⋯. 정말이지 완전히 진흙탕에 들어갔다 나온 것 같군⋯⋯"이라고 곡에 맞추어 노래하고 있는 것처럼 들렸다. 하지만, 이것에 대해서는, 나는 내 귀에 자신이 없다. 닭의 목소리는 언제든지 같은 것을 중얼중얼 되풀이해서 말하는 것처럼밖에 들리지 않았기 때문이다.

"이건 누구 작품인가요?"

"글쎄다, 어디 보자⋯⋯" 책상 위의 파랗고 둥근 안경을 낀 아저씨는 레코드 상자에서 은색으로 찍혀진 글자를 골라 뽑으며 말했다.

"그렇구나, 안토닌 드보르자크구나. 과연, 〈슬픈 성모〉* 라는 곡이다."

---

* A. 드보르자크 작곡 〈스타바트 마테르〉(슬픈 성모).

"저, 그 안경을 끼면, 잘 보이나요?" 나는 결심을 하고 전부터 마음에 걸렸던 질문을 했다.

"그렇단다. 초원도 푸른 하늘도 금세 황혼을 맞이하고 모든 것이 자색을 띤 남색으로 물들어 가고, 한참 지나면 별이 하나 둘씩 빛을 발한단다. 사시나무의 노란 잎도 산사나무의 빨간 열매도 그리고 덩굴월귤의 작은 진홍색 열매도, 모두 짙은 파랑색에 잠긴단다. 물론 자작나무의 새하얀 줄기도, 나뭇가지도, 낙엽송의 선명한 노란 잎조차도 말야."

"노란 잎이 파랑색에 잠기면 6월의 신록의 색으로 돌아가는 건가요?"

"아하하하. 얀, 팔레트 위에서는 그럴지도 모르겠지만, 유감스럽게도 황색은 황색 그대로 파랑에 잠기는 거란다. 눈에 강렬하게 새겨진 선명한 노란 잎의 기억은 어떤 색에도 섞이지 않으니까 말야. 그러니까 이 자색 띤 남색은, 단지 겉표면만인 세계란다. 하지만 그렇기 때문에 이 지상이 덧없이 안타깝고 한층 아름답게 느껴지는 건지도 모르겠구나."

곰 아저씨는 말하더니, 안경을 낀 채로 창 밖의 자작나무 숲을 한참 동안 바라보고 있었다.

바람에 반짝거리는 황색의 잎과 잎 사이로 빠져 나오는 것 같은 파란 하늘이 흩어져 펼쳐져 있었다.

　그것은 낡은 창틀의 테두리를 완전히 빠져 나가 광대한 영원을 그리고 있었다.

　노란 잎을 걸친 자작나무 가지가 아주 조금씩 흔들릴 때마다, 대기의 떨림이 나에게도 전달되어 이 풍경이 지금, 정말로 살아 있는 것처럼 느껴졌다.

　"이렇게 아름다운 것을 볼 때는 파란 안경을 끼지 않는 쪽이 좋지 않은가요?"

　"물론 그렇겠지. 이건 단순한 돋보기니까 말이다." 곰 아저씨는 그렇게 말하고 안경을 벗었다.

　"하지만, 너무 아름다운 것을 직접 보면 오히려 슬퍼지게 되는 적이 있단다. 어쩌면, 이런 아름다운 것의 배후에는 신조차 정말 미치지 못하는 뭔가가 있을지도 모르지, 하나하나에는 분명 신은 살고 있지만, 그것을 서로 묶어 주는 것은 신은 아닐지도 모르겠다는 생각을 최근 문득 한 적이 있어.

　하지만, 아직 잘 모르겠다. 유감스럽게도 이제 나이를 너무 먹어 버렸으니 말이다. 얀 너는 아직 젊으니까, 앞으로 뭔가를 붙잡을 수 있을 거라고 생각한다. 그런 때, 나이를 너무 먹은 이 곰을 생각해 준다면 나도 너의 발자국이 남아 있는 대지 아래에서 너를 안타깝게 떠올릴 거야."

노트를 태우고 있던 닭은 어느 틈엔가 모습을 감춰 버렸다. 안쪽에서 야윈 소가 우그적우그적 풀을 씹는 소리가 들려왔다.

곰 아저씨는 뭔가 어쩔 수 없는 것 같은 얼굴을 하고, 페치카가 있는 곳까지 가더니 조금 전에 보이지 않는 잉크로 써놓았던 노트를 찢어 태우기 시작했다.

그리고 "닭은 뭐든지 도중에서 그만둬 버리지"라고 말하고는 타오르는 불꽃을 쳐다보았다.

"쓴 것을 태워 버리는 거예요?"

"응, 이것은 도움이 안 되니까. 보이지 않는 잉크로 쓴 것이지만, 좀 더 확실히 하기 위해서 태워 버리는 거란다."

불이 붙을 때마다 다양한 시구나 말이 떠올랐다 갑자기 타들어 갔다.

곰 아저씨의 사상이 완전히 사라져 가는 모습은 굉장히 아름다웠다.

불꽃에 먹혀 들어가면서 모든 것이 작자에게 돌아갔다. 그리고 허구는 정말 재의 공모양에 갇혀 버렸다.

"저는 영원히 곰 아저씨가 쓴 것을 알 수 없겠네요."

"응, 얀, 그건 말이다. 쓰여진 것은 결국 쓰여진 것에 지나지 않아. 그런 것보다 이 숲이나 초원이나 이 이야기의 세계

전체를 바라보아라. 그게 훨씬 중요하단다."

"이야기라구요?"

"그래, 이건 이야기란다. 현실과 비슷하지."

"설마, 내가 이야기 안에 있는 거란 말인가요?"

"아하하하. 그렇구나. 말하자면. 마치 작은 이야기의 세계에 살고 있는 것 같은…… 그런 기분이 들지 않니?"

"아니오, 여러 가지 허구의 둥근 공은 보일 때가 있지만, 이 세계 전체가 허구라고는 정말 생각하지 않아요. 그래도 저는 지금 여기에 틀림없이 존재하잖아요."

"그래, 그건 정말 좋은 일이다. 생생한 풍경이 보인다는 것은 멋진 일이지. 그리고 그것을 보는 애처로움을 견뎌낼 수 있다는 것도. 나처럼 지치고 늙은 것은 어쩔 수 없이 때때로 파란 안경을 끼는 거란다. 세계가 너무나도 윤기 나고 싱싱하고 아름답고 눈이 부실 때, 그리고, 너무나 덧없는 음조를 한없이 연주해야 할 때는."

"저에게도 그런 둥근 안경이 필요할까요?"

"아니, 필요 없단다. 필요 없구 말구." 곰 아저씨는 이상하게도 단호하게 말했다.

아무리 먹어대도 야윈 채로 있는 소의 우유와, 뭐든지 도중에서 포기해 버리는 닭의 알을 듬뿍 받아 나는 오두막을 뒤로 하고 나섰다.

숲을 빠져 나와 가을의 초원으로 뛰어들려고 했을 때, 숲 마지막에 외따로 서 있는 아직 젊은 앵두나무의 꼭대기에, 언젠가 본 검은뇌조 그러니까, 니콜라이 로마노프가 먼곳을 바라보는 시선으로 머물러 있었다.

"아니, 검은뇌조야, 그렇게 낮은 나무에 머물러 있어도 괜찮은 거니? 아무것도 보이지 않을 것 같은데……"

"이쪽이 더 좋아. 별로 보이지 않는 쪽이 슬퍼지지 않아서 더 좋아. 보는 것은 정말이지 괴로운 일이야. 하지만 누군가는 보지 않으면 안 되니까, 어쩔 수 없는 것이지. 고양이들도 보고 있니? 안경을 끼지 않고도 잘 보이겠지. 이 초원에서 뭔가가 태어나고 뭔가가 죽어. 또 누군가가 가고 누군가가 찾아오지. 세월이 오고 다시 세월이 가는 거지. 모든 것은 반복되는 것처럼 보이지만 유감스럽게도 결코 반복되지 않아. 그런데 얀 너는 한순간 한순간을 보고 있니? 이 니콜라이 로마노프는 보고 있을 때 말고는 오직 잠만 자."

검은뇌조가 머물러 있는 꼭대기 근처의 가지에는, 귀여운 바구니가 걸려 있었다. 분명 그 안에는, 냅킨과 컵이 챙겨져 있을 것이 틀림없다.

"검은뇌조야, 고마워."

"얀, 너도 고마워."

나는 초원의 가을 풀이나 꽃과 함께 오두막으로 향했다.

오두막이 가까워짐에 따라, 콩새가 바깥벽을 두드리는 소리가 주변에 메아리쳤다.

그리고 콩새가 작은 점이 되어 열심히 벽을 두드리고 있는 모습이 눈에 떠올랐다.

그렇다 하더라도 허구의 풍경이 어쩌면 이렇게 생생할 수 있을까.

나는 멈춰 서서, 다시 한 번 귀를 기울여 그 건조한 소리를 들으려고 했다.

그러나 들려오는 것은 숲 저편에서 우는 올해 태어난 작은 새들의 목소리와, 바람에 나부끼는 전나무 가지의 잎사귀 소리뿐이었다.

뒤돌아보니 숲 변두리의 앵두나무 저목 위에 검은뇌조의 모습은 없었다.

그리고 나무 꼭대기는 진자처럼 언제까지나 좌우로 흔들리고 있었다.

＊ ＊ ＊

몇 년인가가 흘러간다. 마치 바람에 뒤섞여 춤추며 올라가는 모래알처럼.

나는 몽유병자처럼 초원을 방황하며, 몇 번이나 되는 계절을 만나고, 몇 번이나 되는 계절에 이별을 고했다.

그리고 "모든 것은 반복되는 것 같지만, 유감스럽게도 결코 반복되는 적은 없다"는 검은뇌조의 말을 몸소 체험해 갔다.

차례차례로 다가오는 계절의 얼굴은, 매년마다 확실히 닮아 있기는 했지만, 성격은 전혀 달랐다.

마음씨가 나쁜 해도 있었는가 하면, 아름다움으로 넘친 해도 있었다. 살짝 바싹 달라붙는 해도 있었는가 하면, 차갑게 떼밀어 버리는 해도 있었다. 어느 때는 악수를 하고, 그리고 바로 다시 절교해 버렸다.

아아, 그래도 모든 세월과 계절 모두 내 가슴속에 있었다.

모든 것은 내 의식에서 태어나 그리고 다시 내 곁으로 돌아왔다.

"반복되는 것처럼 보여도, 반복되지 않는다"는 것은 다름

아닌 내 의식의 세계였다.

이른 봄, 몇천 몇만 그루나 되는 나무들이 하나같이 싹을 틔우는 순간이 초여름 몇백 몇십만 송이나 되는 꽃들이 초원에 피어 만발하는 순간에 겹쳐진다. 신록으로 희미하게 보이는 자작나무 숲이, 풀숲에서 풍기는 훗훗한 열기의 한가운데에 있는 초원에 포개어진다.

숲 속을 가득 메운 황색의 점묘화는 하얀색 그림물감으로 하나하나 지워져 가면서, 눈의 초원 저 건너편으로 잠겨 간다.

세상 모든 것이 내 의식으로부터 빠져 나갔다가, 살짝 돌아온다.

무리하게 만들어 내거나, 무리하게 사라지는 것은 처음부터 없었던 것일까. 모든 것은 극히 자연스럽게 태어나고, 사라져 갔다. 적어도 이 숲과 초원이 만들어 내는 극장에서는.

나는 의식의 요람에 누워 흔들거리면서 영원히 감미로운 왈츠를 듣는다.

언제 끝날 줄 모르고 연주되는 의식의 상동곡을.

또는 우리들은, 곰 아저씨가 말한 것 같은 작은 이야기의 세계에 살고 있는 것에 지나지 않는 걸까.

그러면, 이 자그맣고 보잘것없는 내 극장과 바깥 세계를,

진짜 세계를 연결하는 것은 콩새였을까.

하늘을 올려다보니 저 먼 팔레스타인은 콩새의 날개 아래에 펼쳐지고 나는 이 초원을 가만히 힘껏 밟고 있었다.

* * *

27. 알렌스키의 조곡*

세월이 지나갔다. 마치 바람에 뒤섞여 춤추며 올라가는 모래알 같았다.

그래도, 그 모래알 하나하나를 확대경으로 확대해서 보면 그들은 어느 것이나 아름다운 광물의 순수한 결정으로 만들어져 있었다.

마치 이 초원과 숲에 사는 것들의 의식의 결정처럼 내 손바닥 위에서 태양 빛을 받으며 투명한 빛을 발하고 있었다.

그로부터 몇 년이 지났을까, 세어 보지는 않았지만 계절은 역시 가을이었다.

나는 문득 생각난 것처럼, 달걀과 우유를 얻어 오기 위해서

* 조곡……몇 개의 곡을 한 곡으로 짠 곡.

곰 아저씨 집으로 향했다. 아까까지만도 내리고 있던 비도 그 치고 가을은 또 한발 깊어지려고 하고 있었다.

엷고 어두운 숲 여기저기에서 숲 속 나무그늘에 돋아난 잡초나 마른 가지나 마른잎 사이에서 숨바꼭질을 하고 있는 버섯에 정신을 빼앗기면서 빈둥빈둥 걸어갔다. 그리고 숲에서 남은 버섯을 얻은 나는, 조금 원래의 발걸음을 찾은 것 같은 유쾌한 기분으로 갈 길을 재촉했다.

아직도 곰 아저씨의 오두막에는 먼 숲 속 길에서도 희미한 노랫소리 같은 것이 들려왔다. 띄엄띄엄 들려오는 그 소리는, 곰 아저씨나 기운 넘치는 닭이나 야윈 소 같은 기분이 들었다.

그렇다 하더라도, 옛날, 〈드니에플의 잔물결〉을 3부합창으로 노래하고 있었을 때조차 이렇게 멀리 떨어진 숲 속에까지 들려온 적은 없었는데.

나는 더 빨리 걸었다. 거의 종종걸음으로.

숲에서 빠끔 열린 빈 지대에 다다르니 이제 그 음향은 사방, 아니 오히려 숲 가운데에 메아리치고 있었다.

랄 라알-라 라-라……. 라아 라알-라 라알-라. ……라-라 랄-라…….

오케스트라의 바이올린이나 비올라나 첼로의 음색과 곰 아저씨의 매끈한 바리톤과 닭의 가늘고 높고 날카로운 소리, 그리고 야윈 소의 자포자기한 듯한 베이스.

　모두가 뒤죽박죽이 되어 있는 힘을 다해 목소리를 쥐어 짜듯 소리 지르며 고함을 지르고 있었다.

　아니, 정확히 말하면 결코 고함을 지르고 있지는 않았다. 그냥 터무니없이 커다란 음을 내고 있었던 것이다.

　그리고 주의 깊게 들어보니 그것은 장려하고 조금 의식적이기는 했지만 그러나 더없이 감미로운 장송행진곡이었다.

　나는 조금 망설이다가, 오두막의 활짝 열린 문으로 빨려 들어갔다.

　파랗고 둥근 안경을 낀 곰 아저씨는 노래하는 데 열중하느라 한결같은 방문자도 알아차리지 못했다. 닭은 흘끗 곁눈으로 내 쪽을 보고 있었는데, 째지는 외마디 소리를 지르며 노래하고 있었다. 소는 어쩔 수 없이 노래하고 있는 것 같은 모습을 하고 있었는데 눈빛만은 진지했다.

　축음기는 그 능력의 한계를 넘어 사방에 울려 퍼지고 있었다. 레코드핀은 부단히 바깥 방향으로 뿌리쳐졌지만, 그때마다 닭은 잽싸게 달려들어 능숙하게 다시 놓아 같은 마디를 반복하는 적도 없었다.

이렇게 드높은 장송곡이 있을까.

그러더니 갑자기 오케스트라는 고요해지고 모두 합창을 그만두었다. 그리고 축음기에서 마치 라흐마니노프 같은 감상적인 피아노가 연주되기 시작했다.

피아노가 감미롭기 그지없는 연주를 반복하자 오케스트라가 바싹 달라붙어 반주를 시작했다.

"이건 도대체 누구 작품입니까?" 나는 무심코 말을 꺼냈다.

"어어, 얀. 아주 좋은 때 왔구나. 이건 알렌스키＊의 〈장송행진〉과 〈녹턴〉이란다."

"어째서 장송행진곡 뒤에 이런 감미로운 녹턴이 따라오죠?"

"으음. 이건 조곡의 일부이니까 그래. 자, 다시 한 번 처음부터 함께 노래해 보지 않을래? 라 라알-라 라-라. 라아 라 알-라 라알-라."

닭이 다시 레코드핀을 내려놓음과 동시에, 곰 아저씨가 노래를 시작하고 거기에 이끌려서 나도 닭도 소도 커다란 소리로 목청껏 노래하기 시작했다.

＊ 안톤 알렌스키……(1861-1906) 작곡, 조곡 제3번 다장조 〈연주〉에
서, 제8곡 〈장송행진곡〉, 제9곡 〈야상곡(녹턴)〉

좁은 방은 소리에 공진되어 선반의 컵들이 달그락 서로 부딪치고 램프 뚜껑도 조금씩 흔들리고, 책상 위의 유리컵은 조금씩 움직여 갔다.

방 안이 장송행진곡으로 가득 차 분명 아까 내가 들은 것처럼 숲 속에 메아리치고 있는 것일까.

다시 노래가 뚝 그치고 피아노의 녹턴이 연주되었다.

이상한 침묵의 시간이 흐른다.

닭도 소도 떠들지 않는다. 잠자코 서 있다.

그사이, 축음기의 핀소리만이 공회전을 반복한다.

"끝났군." 곰 아저씨가 말했다.

"이 곡은 이제 됐어. 하지만 좋았어." 아저씨는 나에게 악수를 청했다.

나도 손을 힘껏 쥐었다.

그리고 아저씨는 닭의 날개와 소의 앞발과 악수를 하며 말했다.

"오늘은 피곤했으니까, 이제 자야겠어. 얀, 달걀과 우유를 좀 가져가거라. 그리고, 버섯을 가져와 줘서 고맙구나." 곰 아저씨는 그렇게 말하고 얼른 침대에 누웠다.

"아저씨 고마워요, 정말 좋은 곡이었어요. 하지만 왜 장송곡 다음이 그렇게 감미로운 녹턴일까요?" 나는 열어젖혀진 문으로 나가려고 하면서 말했다.

그러자, 막 잠에 빠져든 곰 아저씨가 반 잠꼬대 같은 소리로 말했다.

"얀, 그건 아름다움이야. 너도 그 아름다움을 소중하게."

내가 입구에서 "네"라고 대답을 하려고 했을 때, 곰 아저씨는 이미 코를 골고 있었다.

"라 라알-라 라-라…… 라 라알-라 랄-라……"

숲에서 가을 냄새가 물씬 풍기는 초원으로 뛰어들려고 했을 때, 작은 크리스마스 트리 같은 어린 전나무에 검은뇌조가 머물러 있는 걸 보았다. 머물러 있다기보다 올라타 있는 것 같았다.

"어이, 검은뇌조야, 그렇게 있으면 아무것도 볼 수가 없잖아. 그 높이에서는." 나는 이상하다는 생각을 참으며 물어보았다.

"괜찮아. 오늘은 아무것도 보고 싶지 않으니까. 가능하면 앞으로도. 이 니콜라이에게는 그런 때도 있었어. 얀 너는 조금도 개의치 않는구나. 고양이는 분명 강해."

"아니야, 나는 조금도 강하지 않아. 하지만 오늘은 커다란 소리로 노래해서 기분이 좋았어. 그래서 오늘이라면 높은 곳

도 끄떡없을지도 몰라."

그리하여 "검은뇌조야, 그럼 안녕."

"얀, 너도 안녕."

우리들은 인사를 나누고 헤어졌다. 초원 오솔길에서 뒤돌아보자 검은뇌조는 마치 크리스마스 트리 꼭대기에 붙여진 커다란 장식 같았다.

초원의 가을꽃들은 끝을 맞이하려고 하고 있었다. 그래도 엉겅퀴나 솔체꽃은 여기저기에서 얼굴을 내밀고, 어떤 것은 상냥하게 바람에 나부끼고 있었다.

가을 들판의 황혼 속에서, 나는 장송행진과 녹턴을 떠올리려고 했다. 그러나 머릿속에 지나가는 선율은, 스타바트 마테르였다. "모든 것은 반복되는 것 같지만 결코 반복되는 일은 없다"는 말이 맞는지도 모르겠지만 이 선율만은 이상하게도 틀림없이 반복된다. 어쩌면 앞으로도 계속될지도 모른다. 초원의 바람이 멈춘 적이 없는 것처럼, 저 축음기는 이 곡을 계속 연주할 것이 틀림없다.

가을의 냉기에 추위가 완전히 몸속까지 스며든 나는 따뜻한 내 오두막으로 돌아갔다.

이제 생을 살 만큼 사신 곰 아저씨가 돌아가신 것은, 그로부터 3일 후 바람이 강하게 부는 어느 저녁이었다.

닭은 고개를 숙이고 내 오두막 문을 두드리며 "장송"이라고 말했다.

나는 아무 말 없이 눈물을 흘리면서 완전히 고개를 떨구었다.

그리고 말했다. "역시."

28. 장례식

장례식의 행렬은 숲 속의 길을 조용히 전진해 갔다. 아니, 행렬이라고 해도, 야윈 소가 끄는 짐차 뒤로는 나와 닭뿐이었다.

오리나무나 자작나무의 노란 잎은 바람에 춤추며 가볍게 떨어져 내렸지만, 낙엽송의 뾰족한 잎은 뿔뿔이 흩어져 내렸다.

새파란 하늘 근처에서 열심히 울고 있던 새들도, 울음을 딱 멈추고 우리가 지나가기를 기다리고 있었다. 그러나 우리를 배웅하자 곧바로 원래대로 돌아가 생기 있게 지저귀기 시작했다.

길모퉁이에서는 갈까마귀가 언제나처럼 너무나 큰 가방을 메고 신기하고 묘한 얼굴을 하고 배웅해 주었다. 그리고 우리를 배웅하고는 다시 숲 속으로 나눠져 들어가 바로 보이지 않게 되어 버렸다.

도토리를 안은 다람쥐도 줄곧 나무줄기를 두드리고 있던 지저깨비도 꼼짝 않고 배웅해 주었다.

가을의 초원으로 나오자, 엉겅퀴꽃과 송충풀도 우아하게 흔들리면서 배웅해 주었다.

나는 벌써 열매를 맺은 이름도 모를 풀꽃을 손으로 떼 내어 손바닥 안에 꽉 쥐면서 걸어갔다.

닭은 내 옆에서 흥미를 잃은 듯한 얼굴을 하고 있었다.

아니, 그것은 내 착각이었고 사실은 슬퍼서 어떻게 할 수 없었는지도 모른다.

닭의 표정은 좀처럼 읽어낼 수 없었기 때문에. 하지만, 언제나처럼 자기 좋을 대로만 이 장소에서 달려 나갈 수는 없었다. 부조리한 존재가 부조리하지 않게 될 때, 지독히 슬퍼 보였다.

늘 꿈처럼 덧없고, 눈 깜짝할 사이에 통과해 지나가던 초원의 길도 오늘은 지루하고 길게 느껴졌다. 어떻게 할 수도 없는 슬픔이 복받쳐 올랐기 때문에 그렇게 느꼈던 것인지도 모르겠다.

평평한 길은 여러 가지 것을 상기시켰다.

가을 하늘은 새파랗고, 이 초원의 바로 위에서 맞은편 숲의 아득한 끝까지, 가는 곳마다 새하얀 구름이 우두커니 떠 있고 움직일 기색은 없었다.

그렇다, 움직이고 있는 것은 우리들뿐이었다. 바람에 나부끼는 가을의 풀은 제쳐 놓고라도.

슬픔이란, 의식하지 못하는 사이에 그냥 복받쳐 올라오는 정적인 감정이라는 걸 나는 이때 깨달았다. 그것에 비해 외로움이란 일종의 감정이 취하는 포즈에 지나지 않을지도 모른다.

나는 다시 풀숲의 씨앗들을 떼냈다.

꽃이 진 하설초 사이를 빠져 나와 연못으로 나왔다.

흰버드나무는 완전히 기운을 잃고 반 바퀴 끝의 개암나무에는 노란 잎이 시작되고 있었다. 연못 물도 상당히 줄어들어 있고 물가의 풀도 완전히 윤기를 잃어버렸다. 그래도 물은 탁하지는 않았다.

우리들은 천천히 연못의 원호를 왼쪽으로 돌아서 갔다.

야윈 소는 꽤 지쳐 있었고 뭔가 투덜투덜 중얼거리고 있었지만 그러나 대화는 할 수 없어서 그냥 짐차를 끌고 갔다. 닭은 때때로, 어딘가로 달려 나가고 싶은 충동과 싸우고 있었다.

곰 아저씨의 장례식은 생각보다 빨리 끝났다.

나는 꽉 쥐고 있던 풀꽃 열매나 씨앗을 그 위에 흩어 던졌다.

자작나무의 노란 잎이 때때로 바람에 날려 와 새로 얹은 부드러운 성토 위에 몰래 흩어져 쌓였다.

올려다보니, 연못을 건너는 바람에 개암나무 잎도 떨고 있었다.

개암나무 잎은 아직 흩어지지 않고 가지에 야무지게 달라붙어 있었다.

하지만 그 개암나무 잎이 모두 떨어지고 거기에 들어가 있으면, 곰 아저씨는 분명 따뜻하게 겨울을 보낼 수 있을 것이다.

아무것도 없게 된 짐차를 어쩐지 더욱 무겁게 느끼면서, 야윈 소는 왔던 길을 다시 되돌아갔다. 정신을 차려보니 닭은 어딘가로 사라지고 없었다.

나는 가끔 짐차를 밀면서 곰 아저씨의 오두막으로 향했다.

오두막에 가까워져도 오늘은 왈츠는 들려오지 않았다. 그 대신 내 머릿속에서는 저 〈슬픈 성모〉가 연주되고 있었다.

그리고 스타바트 마테르 돌로로사의 뒤에, 왈츠 같은 우아한 선율이 차례로 춤추며 올라가며, 슬픈 무도회를 위해 서로 다투고 있는 것 같았다.

오두막 앞으로 돌아오자, 피곤에 지친 소는 재빨리 자기 헛간으로 들어가 버렸다.

나는 혼자서, 주인 없는 방으로 들어가 책상 위의 축음기를 틀었다. 판에 올려진 레코드핀이 연주하는 곡은 내 머릿속에 맴돌고 있던 것과 정말 똑같은 것이었다. 곰 아저씨가 마지막으로 듣고 있었던 것은 이 곡이었구나 생각하니 견딜 수 없는 슬픔이 복받쳐 올랐다.

그래도 지금 여기서 단 혼자 듣는 쓸쓸함 속에서는 레코드핀이 내는 지직거리는 잡음이 귀에 몹시 시끄럽게 들려 이 아름답고 감동적인 곡조차도 헛되게 이 방을 흘러가는 침묵과 함께 손을 맞잡고, 그냥 열려 있는 문으로 나가 버렸다.

그 빠끔 열린 문으로 평소 때처럼 불쑥 뛰어 들어온 닭은 문득 자기를 되찾고 그런 방 안의 공기를 바로 감지하더니 오른쪽으로 빙그르 돌아 트위스트 스텝으로 다소곳이 머리를 숙이면서 들어온 문으로 다시 나갔다. 힘없이 문을 닫으며.

나는 다시 이 방에 혼자 남겨졌다.

축음기 옆에 나뒹굴고 있는 파랗고 둥근 도수 없는 유리 안경을 껴 보았다.

벽도 천장도 테이블도 사모바르도 책 표지도, 그냥 모두 엷은 청색으로 물들어 아직 걷히지 않은 아침 안개 속에 혼자 멈춰서 있는 기분이 들었다.

아니, 그게 아니라면 황혼의 마지막 남은 빛이 지평으로 사라지고, 주변이 온통 짙은 자색을 띤 파란색으로 덮이기 직전의, 덧없이 짙은 청색의 초원에 내내 서 있었을지도 모른다.

왜냐하면, 눈앞에 있는 사모바르도 몇 발 앞의 테이블도, 벽면의 책꽂이도 모두 살랑거리는 풀과 풀 사이로 가라앉아 내 눈에는 보이지 않게 되어 버렸기 때문이다.

마침내 실내의 이 초원은 안개에 뒤덮여 갔다.

그리고 가을비.

빗방울은 하나하나 느껴졌다. 아니 틀렸다, 그건 내 눈물이다.

넘쳐서 멈추지 않는 가을비는 초원을 온통 적시고 내 마음은 차가워져 갔다. 한기를 느낀 나는 겨우 안경을 벗었다.

창 밖에는 거뭇거뭇한 전나무 숲 안에 서 있는 자작나무가 선명하게 노란 잎을 보여주고 있었다.

그 하얀 줄기와,

그리고 파란 하늘.

29. 로쿰 파는 떼까마귀

하얀 설원 저편에 떠오른 거뭇거뭇한 숲도, 어느덧 진회색으로 바뀌고, 나무들의 밑둥마다 마법에 걸린 것처럼 눈이 녹아 바퀴 모양을 그릴 때, 처마에서 떨어지는 중얼거림은 하루 종일 끊어질 줄 몰랐다.

그런 겨울의 눈물을 머리에 맞으며, 문 입구에 물건 파는 떼까마귀가 서 있었다.

"저번에 그 고양이 님이군요, 뭐 살 거 없나요?"

"저, 공교롭게도 돈이 하나도 없어서."

"로쿰*도 있는데."

"네, 로쿰이 있다구요?" 내가 말이 채 끝나기도 전에 떼까

---

* 로쿰……전분, 벌꿀, 설탕을 주원료로 한 규히(찹쌀가루를 쪄서 조청, 설탕을 넣고 반죽하여 얇은 떡처럼 만든 과자) 같은 투르크의 과자. 제정러시아 시대에는 러시아에서도 팔았다.

마귀는 자작나무 껍질로 엮어 만든 등짐바구니를 내려놓더니 예쁜 상자에 담겨 있던 로쿰을 차례차례 꺼내 보였다.

고개를 숙이고 상자 안을 들여다본 떼까마귀 머리의 부석부석한 머리털은 흠뻑 젖어서, 한발 먼저 봄의 불어난 물에 떠오른 물가의 풀 같았다. 그리고 구름 사이로 쬐이는 겨울의 마지막 태양이 그 머리털과 자꾸만 장난을 치고 있었다. 마침내 넘쳐흘러 떨어진 빛은 마루에 흩어져, 포개어진 로쿰의 상자에 그려진 이국의 거리에 우뚝 솟아 있는 모스크의 첨탑을 비추어 냈다. 그것은 아주 어두운 내 오두막에 떠올랐던 환상의 도시였다.

그 도시에 내 의식이 들어와, 방황하는 것을 방해하기라도 하듯이,

"럼주도 있거든요." 떼까마귀는 그렇게 말하고, 몇 년인가 전의 내 기억을 덧그리기라도 하듯이 그때와 똑같은 곰팡이 냄새 나는 병을 꺼냈다.

바로 그때, '고골 모골은 있니?'라고 주문처럼 외치던 콩새의 옆얼굴이 떠올랐다가 '모골 고골은 역시 맛있어'라고 말하면서 홀연히 사라져 갔다.

"아니, 지금은 별로 필요하지 않아요." 나는 눈을 감은 채로 사라져 가는 콩새의 잔상을 필사적으로 쫓아 헤매고 있었

다. 날갯죽지 끝의 하얀 악센트가 떠올랐다가는 사라져 갔다.

"그렇군요. 그때는 분명 달걀과 교환했었는데 말예요"라고 떼까마귀는 이상하게도 모든 것을 기억하고 있는 것 같았다.

"아니, 우유도 달걀도 오늘은 없어요. 유감이지만."

눈을 뜨고 무심하게 펼쳐져 있는 로쿰 상자를 보자 그 그림은 한 종류만이 아니라 저 멀리 남쪽 제국*이 지배한 다양한 도시가 그려져 있었다.

칼스, 예루살렘, 알레포, 베이루트, 다마스쿠스, 하이파, 젤리코, …….

나는 로쿰 상자를 콩새가 더듬어 찾아갔을 행로에 늘어놓으려고 했다.

그것을 보고 있던 떼까마귀는,

"이게 예루살렘인데요." 황금의 돔을 가진 모스크가 그려져 있고 적갈색이 들어간 모래색의 거리가 있는 상자를 하나 올려놓으며 말했다.

그리고 창가에 놓인 빛나는 돌을 바라보면서 다시 나직이 반복했다.

"뭔가 다른 것과 교환해도 되는데."

* 남쪽 제국……오스만 투르크 제국을 가리킨다.

"공교롭게도, 저한테는 교환할 만한 것이 아무것도 없어
요."

"저, 그림도 괜찮거든요."

떼까마귀는 갑자기 속이 옅고 어두운 벽면에 대갈못으로
고정되어 있던 연필화를 보고 중얼거렸다.

그것은 벌써 훨씬 옛날 5월의 풀 덮인 경사면에서 저 먼 침
엽수 숲을 나와 커다랗게 호를 그리는 철로의 그림이었다.

"그래요, 좋아요." 나는 스스로도 어이없다고 생각될 정도
로 깨끗이 승낙했다.

내가 그 그림을 건네주자, 떼까마귀는 만족스러운 듯한 얼
굴을 하고 상자 안에서 스케치북을 꺼내서 그것을 구겨지지
않도록 조심스럽게 끼워 넣었다.

그 스케치북은 옛날, 달걀과 교환했던 것과 똑같은 종류의
것이었다. 크기는 물론 표지 가장자리의 더러워진 상태도
……, 자세하게 묘사할 순 없지만 여하튼 내가 사용했던 스
케치북, 바로 그것이라고 생각되었다.

그러고 보니 내 스케치북은 콩새와 둘이서 몇 장인가 사용
하고 콩새 집으로 간 후, 둘 다 그 존재를 까맣게 잊고 있었다.

"그밖에 또 없나요?"

"네 있어요."

이렇게 해서, 나는 신록 아래 빛나는 연못이 된 숲의 빈 지대나 여름의 눈부신 개암나무와 흰버드나무가 서 있는 연못이나 맑고 깨끗하고 차가운 작은 강과 사시나무가 듬성듬성 난 숲의 그림 등을 순서대로 로쿰 상자와 교환해 갔다.

나는 콩새가 더듬어 갔을 길 전부를 모으고 싶었다.

한 장 교환할 때마다 내 환상의 도시는 늘어갔다. 그와 동시에 떼까마귀가 내 그림을 스케치북에 끼워 넣자 그림과 함께 그림을 그리는 내 추억의 뒷모습도 빨려들어 갔다.

그렇다, 내가 그린 다양한 풍경은 분명히 그때는 살아 있던 풍경이었는지도 모르지만, 지금에 와서는, 나에게는 액자를 하나조차도 마련되어 있지 않았지만 결국, 가공의 액자틀에 끼워진 한 장의 종잇조각에 지나지 않았다.

──허구의 경치는 무의식의 스케치북으로 돌아간다──고 나는 마음속으로 외치면서, 모든 작품을 떼까마귀에게 건네주었다.

역시 이들 그림은 내가 그리기 전에 벌써 그려져 있었다. 처음으로 스케치북을 넘겼을 때 차례차례 나타난 경치를 나는 덧그린 것에 지나지 않았다.

그런 빈약한 상상력은 이제 됐다. 그것은 내가 만들어 낸 무의미한 허구의 공에 지나지 않는다. 나는 그것을 바늘로 콕

찌르지도 않고 페치카에 태워 버리지도 않았다.

——너의 그 뛰어남을 소중하게——, 나이가 지긋하셨던 곰 아저씨의 말대로 나는 이 추억의 스케치 한 장 한 장에 가만히 악수하면서 다정하게 이별을 고했다.

이렇게 해서 나는 콩새가 더듬어 찾아갔을 발자취를 완성시켰다. 그것은 아득한 팔레스타인을 향한 길이었다.

정신을 차려 보니 떼까마귀도 내가 마지막으로 늘어놓았던 로쿰 상자의 그림을 보면서,

"당신도 가고 싶은 거군요"라고 중얼거렸다.

"아니오, 저는 네발이니까, 금방은 갈 수 없어요. 게다가 아직도 여기에서, 이 초원과 숲의 작은 이야기 안에서 찾아내지 않으면 안 되는 것이나 사실이 남아 있는 것 같은 기분이 들거든요.

그리고 최근에는 높은 곳도 잘 올라갈 수 있게 됐어요. 오두막 지붕 꼭대기 따윈 전혀 무섭지 않아요. 조금 더 살이 빠지면 자작나무 꼭대기나 게다가 언젠가 꼭 저 키가 가장 큰 전나무 꼭대기까지 올라가 보고 싶어요."

나는 창문에서 보이는 아득히 먼 숲 속에서 유달리 눈에 띄는 전나무를 가리켰다.

"저곳이라면, 이 숲과 초원에서 일어나는 어떤 일이라도 볼 수 있겠죠? 아니, 더 아득히 먼, 숲 저편의 초원이나 큰 강이 아침 해나 저녁 태양을 받으며, 은색이며 금색으로 빛나는 모습을 보는 것도 가능하겠죠. 초원이나 연못이나 숲에서 뭔가 태어나거나 죽거나 없어지거나 나타나거나 하는 것을 발견하는 건 슬픈 일일 거예요. 세월이 오고 가는 것을 저 꼭대기에서 꼼짝 않고 기다리는 것은 분명 괴로운 일이겠죠. 하지만, 지금의 우리라면, 그런 괴로움이나 슬픔 속에서도, 이 세계를 완전하게 이해할 수 있을 거라는 생각이 들어요. 저 검은뇌조도 오랜 시간 열심히 그래 왔을 테니까요.

분명 저 꼭대기에 올라서 이렇게 딱 잘라 말할 거예요.

──한 번 봐, 신은 역시 존재하지 않지. 유일하게 확실한 것은 내 위에 무한히 펼쳐진 이 공간과 나와 함께 호흡하며 나한테서 나와 살짝 다시 돌아오는 내 의식뿐이야──라고.

그리고 저 꼭대기에 있으면, 콩새가 돌아오는 것도 맨 처음 발견할 수도 있을 거구요."

"고양이 님은, 날아 본 적이 있나요?"

"아뇨."

"콩새라는 새는 돌아올까요?"

"네에……, 머지않아…… 꼭 돌아올 거라는 기분이 들어요."

"콩새는 무사히 이동을 했을까요?"

"아뇨, 이동하는 걸 멈추기 위해 떠난 거예요."

"그렇군요. 우리처럼 정처 없이 떠도는 자들에겐 이동할 수 있다는 자신감이 부러운데 말예요."

"떼까마귀들도 새라서 검은뇌조처럼 나무 꼭대기에 머문 적도 있겠죠? 그땐 무슨 생각을 해요?"

"글쎄요. 이렇게 짐이 많으면 날아갈 수도 없어요. 일 년 내내 땅바닥만 밟고 걸어다니는 신세니까요. 옛날에 한 번 나무 꼭대기에 머물렀었는데 땅바닥이나 나무 꼭대기나 마찬가지던데요."

떼까마귀는 담담하게 말하면서 남은 로쿰을 챙기고 있었다.

"자 그럼 이제 가봐야겠어요." 떼까마귀는 자작나무 등짐 바구니에 날개를 끼려고 했다.

"저, 럼주 병을 빠뜨렸는데요." 내가 말하자 떼까마귀는 나를 흘끗 보더니 열어젖혀진 문으로 나가며 말했다.

"괜찮아요, 그건 덤으로 드리는 거예요."

그 뒷모습을 향해 나는 외쳤다.

"정말 고마워요, 잘 가요."

한참——별로 확실한 발걸음은 아니었지만——걸은 후,

"괜찮아요. 저도 고마웠어요"라고 말한 것처럼 들렸다.

로쿰 파는 떼까마귀는 눈앞의 초원으로 똑바로 걸어갔다. 눈은 여기저기 녹기 시작해서 검은 땅과 마른 풀들의 뿌리가 엿보였다. 등의 자작나무 바구니에 흙이 튀어 오르고 꼬리깃 끝은 진흙에 잠겨 있었다.

그러나 겨울의 마지막 태양 빛은 어느샌가 봄을 알리는 최초의 빛으로 바뀌고 구름 사이로 한 줄기 비치는 조명은 떼까마귀가 시야의 작은 점이 되어 사라질 때까지 끈기 있게 그 모습을 쫓아갔다.

그렇다, 바로 내 눈앞은 엄청나게 광대한 무대였다.

이날을 마지막으로 물건 파는 떼까마귀는 두 번 다시 모습을 나타내지 않았다.

분명 내가 그린 추억의 풍경화도 떼까마귀와 함께 어딘가를 여행하고 있을 것임에 틀림없다.

30. 여름 빛

나는 단 한 행의 시구도 쓰지 않았다.

아직 차가운 봄바람이 무수한 웅덩이를 넘으면서 안타까운 흙의 향기를 내 오두막으로 실어다 주었어도 나는 한 행의 시구조차 쓸 수 없었다.

신록의 바람이 사시나무의 잎사귀 소리를 내 오두막까지 데려왔어도 나는 이제 한 행의 시구도 쓰고 싶지 않았다.

이 보잘것없는 이야기의 막을 내린 적이 없는 것처럼.

언제까지나 이곳에 머물러 초원이나 숲의 모든 것이 만들어 내는 연극의 한가운데에 있고 싶었다. 영원히.

이렇게 해서 시간만이 흘러갔다.

가령 나에게 스케치북이 있었다고 해도 한 장의 그림도 그릴 수 없었을 것이다.

모든 것은 눈앞에 펼쳐진 초원 그 이상도 이하도 아니었으

며, 개암나무가 있는 연못보다 깊지도 않고 우뚝 서 있는 전
나무보다 높지도 않았다.

이 풍경에서 뭔가를 빼내는 것도, 혹은 풍경에 내 의식을
불어넣는 것도 이제 와서는 필요하지 않았다.

그냥 눈앞에 있는 현재의 연속 안에 있었다.

하지만 그것은, 어떤 종류의 도취이고 도피였는지도 모른
다.

물건 파는 떼까마귀가 가고 난 후부터 나는 로쿰을 너무 먹
어서 살이 쪘으면 쪘지, 더 야윌 기미는 보이지 않았다.

초원에 앉아서 특별히 하는 일도 없이, 하루 종일 흰버드나
무 아래에서 연못의 파문을 바라보고 있었으므로 분명히 운
동 부족이었다.

그리고 자작나무 꼭대기에도 올라갈 수 없었기 때문에 가
장 높은 전나무 꼭대기에서 이 극장 전체를 멀리 바라다보고,
조금 뽐내며 물건 파는 떼까마귀에게 말한 대사를 읊어 본
적도 없었다.

그야말로 나는 연극의 절정에서 가장 중요한 대사를 잊어
버리고 꿀 먹은 벙어리처럼 서 있는 초라한 주인공이었다.

그런 초라한 주인공을 동정하며 가만히 감싸 주었던 것은
이 극장이었다.

바로 여기 사는 모든 생물, 바람, 그리고 초원이나 숲 아래
에 숨겨진 대지였다.

그리고 이 극장을 다정하게 덮어 주면서, 스스로도 계절에
혹은 하루의 순간순간에 쉴 틈 없이 희미한 색조의 변화를 계
획하는 하늘조차도.

나는 초원의 저편, 그리고 또 아득한 끝, 언제까지라도 무
한히 이어지는 지평에 솟은 여름구름을 바라보고 있었다.

분명 이 초원이 끝나는 곳에서는 넓디넓은 강이 유유히 흐
르고 구름들을 끊임없이 만들어 내고 있을 것이다. 몇천 몇
만 개의 지류를 따라 습지나 둑을 한 면에 아로새겨 바로 지
금, 이 여름의 시작을 예고하는 빛을 받아 널리 빛나고 있음
에 틀림없다.

――어때요? 이런 날에는 저 연못에 가보지 않을래요?

나는 개암나무와 서양흰버드나무의 연못으로 향했다. 거대
한 여름구름은 지평에서 내 머리 위에까지 뻗어 있었다.

나는 초원을 덮은 구름 그림자 안으로 들어갔다. 오른쪽 먼
숲은 태양을 온몸으로 받으며 반짝이고 있었다. 그리고 무수
한 잎들이 깜박깜박 점멸하면서 한낮의 잡담을 즐기느라 여
념이 없었다.

나는 흰버드나무 아래에서 갑자기 생각난 것처럼 불어오는 미풍을 뺨으로 느끼면서 키가 한층 커진 하설초 사이를 빠져나와 연못으로 나갔다.

물을 머금은 연못은 불어나서 수면이 마치 숲을 비추는 거울 같았다. 새들은 열심히 지저귀고 있었는데 그것은 부리와 꼬리의 움직임으로 알 수 있을 뿐, 소리는 들리지 않았다.

세상의 모든 소리는 이 자그맣고 보잘것없는 수면으로 조용히 스며들어 갔다.

그때 갑자기, 물푸레나무풀의 향기가 났다.

건너편 강가의 개암나무 잎에 빛이 반사되어 그 눈부심에 눈을 감고 말았다.

감은 눈동자 안에서 유성무리가 서로 날아 교차하고 눈을 뜨자 개암나무 아래에는 깊고 아름다운 녹색 빛이 내리쬐어 곰 아저씨의 무덤은 흔적을 찾아볼 수 없게 여름풀에 푹 파묻혀 있었다.

한참이 지나자 구름의 움직임이 이상스럽게 되어 갔다.

연못을 뒤로 한 나는 초원의 구부러진 오솔길을 따라 숲으로 들어갔다. 모든 것은 아무것도 변한 적이 없었다. 그리고 반복되는 적도 없었다.

숲길은 차가운 공기에 둘러싸여 찬 기운을 느끼며 평평하게 계속되고 있었다. 깊은 숲에도 때때로 한 줄기의 가느다란 빛이 내리쬐어 환상적인 양치식물의 엷은 녹색이 선명하게 떠올랐다.

숲은 아주 고요했다. 모든 소리들은 전나무 줄기나 자작나무의 나무껍질 안에 몰래 숨어 있었다.

저 멀리 감미로운 왈츠나 우아한 슬픈 성모의 곡조도, 장려한 장례식행진곡도 그리고 미미한 녹턴도, 우수에 젖은 폴로네즈도 들려오지 않았다.

곰 아저씨의 오두막 앞에 다다르자, 언제나 생기 넘치던 닭은 그야말로 날지 못하는 닭이 되어 열심히 풀 사이의 벌레들을 쪼아 먹고 있었다. 그리고 뜻밖에도, 야윈 소는 문 밖의 여름 빛을 즐기면서 등을 돌려 빈 땅의 풀을 뜯어 먹고 있었다.

그사이 닭은 조금 어른스러워졌고 야윈 소는 조금 살이 쪄 보였다. 그로부터 나는 짬이 날 때마다 남겨진 닭과 소에게 신세를 지고 있었다.

우리들은 서로 수다를 떠는 것도 없었지만, 나름대로 잘 지내고 있다고 생각했다. 각자가 스스로에게 최선을 다했고 또 그것으로 좋았다.

나는 두 번 노크를 하고 문을 가만히 열었다.

그러자 어디선가──얏, 너는 언제나 문을 꼭 닫지 않는구나──하는 소리가 들렸다. 그러나 실내는 편안한 정적에 둘러싸여 있었다.

나는 빠끔 열린 문 안으로 걸어 들어갔다.

그리고 책상 위에 어지럽게 흩어져 있는 레코드 상자 안에서 〈슬픈 성모〉를 꺼냈다.

테이블 위의 축음기 주변에는 색색의 레코드가 온통 쏟아져 나와 흩어져 있거나 재킷에서 반쯤 얼굴을 내밀고 있거나 완전히 난장판이었다.

분명 닭이 우울할 때 듣고 그대로 내팽개쳐 두었을 것이다. 그 대부분은 왈츠였고 내가 아직 모르는 곡들도 많이 있었다.

흩어진 레코드들을 조금 정리하고 나서 나는 〈슬픈 성모〉를 테이블 위에 올려놓았다. 종이봉투에 들어 있는 레코드를 꺼내 축음기에 놓았다. 레코드는 천천히 아주 천천히 회전했다. 그것을 쳐다보고 있으려니 아직 레코드핀이 떨어지기도 전에 바이올린이 미끄러지는 듯한 조용한 서곡이 들려왔다. 그리고 힘을 실은 오케스트라의 전주가 이어지고 그 왈츠 같은 아름다운 선율이 다시 태어나기 시작했다.

바로 그때였다. 나는 레코드 겉껍질에서 곰 아저씨가 좋아했던 파란 잉크로 쓰여진 글자의 단편들을 발견했다.

──신을 불쌍히 여기기 위한 슬픈 노래──그리고, 그 다음은 이렇게 쓰여 있었다.

──만약 모든 것에 신이 함께하지 않고, 게다가 신께서 이미 사라져 가버렸다고 해도……

나는 그것을 탄식하며 슬퍼하는 것도 없이 그냥 가는 자에게, 가버린 신에게,

작별의 인사를 초원과 숲의 바람에 실어 보낼 뿐이네……

신이 우리들을 불쌍히 여기는 것이 아니라 우리들이 신을 불쌍히 여겨 드리지 않으면 안 되나니……

아름다움을 담아서……──

곡은 스타바트 마테르 돌로로사의 합창 부분으로 들어갔다. 문득 창 밖을 보니 밖은 완전히 구름으로 뒤덮여 어두워져 있었다. 더러워진 유리창에 빗방울이 하나 둘씩 흘러내리고 마침 작은 오두막은 온몸으로 빗소리를 끌어안았다.

소는 어쩔 수 없이 비에 젖어 천천히 헛간으로 들어가고 닭은 파닥파닥 당황한 모습으로 자기 오두막으로 뛰어 들어갔다.

이 갑작스런 소나기 앞에서 레코드의 곡은 더 이상 아무런 힘도 발휘할 수 없었다.

한탄하는 노래도 신의 영광도 신에 대한 반역조차도 모든 것은 아무것도 없는 것과 다름없었다.

창을 통해 보이는 숲은 비의 저편에 있었다. 그것은 희미한 그림자처럼 보였다.

그리고 그 그림자가 조금씩 비의 베일을 벗기고 현실의 숲으로 돌아왔을 때, 소나기는 눈부신 태양 빛 속으로 사라져 갔다. 아아, 이것이야말로 여름의 빛이었다.

적셔진 대지와 적셔진 풀잎에서 적셔진 나뭇가지 끝에서 흠뻑 젖은 숲은 여름 하늘을 향해 수증기를 마음껏 날려 보내고 있다.

그러면 수증기가 구름을 만들어 다시 이 숲에 비를 내리게 할까? 아니, 모든 것은 반복되는 것 같지만 결코 반복되는 일은 없다. 여름구름은 바람에 실려 이번에는 카밀레가 핀 초원에 비를 내리게 한다. 그리고 다시 구름이 되고 비가 되고 사시나무 숲과 하설초의 들판을 적신다. 이 드넓은 대지 위를 방황하면서 여름구름은 빛과 그림자의 즉흥극을 연기할 것이다.

훌륭한 즉흥극이 막을 내리고 처마에서 떨어지는 물방울이 희망의 빛으로 둘러싸일 때, 똑똑– 하고 누군가가 오두막 문을 조심스럽게 두드리는 소리가 났다.

어쩌면 갈까마귀가 콩새의 편지를 배달하러 왔는지도 모른다고 생각한 나는, 조금 두근거렸지만 망설이지 않고 문을 열었다.

거기 서 있던 것은 이 여름의 빛을 온몸에 휘감은 작은 고양이었다.

빛 가운데에서는 순간 새하얀 털밖에 보이지 않았지만, 등이나 꼬리에는 여기저기 갈색 줄무늬가 있었다.

"저, 여기가 곰 아저씨의 오두막인가요?" 그 어린 고양이는 말했다.

"응……, 그렇긴 한데."

축음기는 한 곡의 연주를 마치고 공허하게 레코드핀 소리만을 내고 있었다.

"숲 입구 아래 풀숲 사이에 웅크리고 있는 검은뇌조가, 여기 오면 우유와 달걀을 얻을 수 있다고 했거든요."

"아, 그래, 맞아."

"저, 만약 괜찮으시다면 우유나 달걀을 좀 얻을 수 있을까요?"

"물론이지. 조금만 기다려."

나는 레코드핀을 들어올려 축음기의 회전을 멈췄다. 그리고 안에서 우유와 달걀을 갖고 나왔다.

"정말 고마워요." 어린 고양이는 말했다.

"그런데 너는 어디서 왔니?"

"왼쪽 길이요, 숲 안의 저쪽 길에서 왔어요."

"아, 아니, 어느 마을에서 왔냐구?"

"네, 그게요. 저쪽 먼 마을에서 왔어요. 마을은 전쟁으로 다 무너졌어요. 집이나 교회도. 먹을 것도 없어요."

"그럼, 너는 혼자니?"

"태어났을 때부터 혼자였어요. 하지만 그런대로 지낼 만해요. 그러니까 지금도 혼자죠."

"그럼 지금은 어디서 살고 있니?"

"작은 연못 근처 지붕이 반쯤 떨어져 나가고 없는 오두막에 살아요. 연못의 물도 이제 거의 없지만요."

"아아, 그, 지붕에 풀이 돋아나 있는 오두막 말야?"

"네, 그래요. 조금 축축하고 밤에는 추워요. 하지만 괜찮아요, 마을보단 훨씬 좋거든요."

"그럼 말이다, 이 왼쪽 길을 쭉 따라가다가 숲을 빠져 나가면 마음까지 넓어질 것 같은 초원이 나올 거야. 거기 있는 작은 오두막에서 살면 되겠구나. 사모바르도 다 있고, 페치카도 사용할 수 있어. 게다가 유리 손잡이가 달린 서랍도 있고 예쁜 이콘 조각도 있어. 게다가 창가에는 빛나는 돌도 놓여 있단다."

"정말 고마워요." 작은 고양이는 말했다.

"큰 고양이 님은 곰 아저씨와 함께 살고 있나요?"

"아니, 혼자서 살고 있어. 하지만 때때로, 닭과 소도 함께 지내기도 하지." 나는 대답했다. 그러자, 어린 고양이는 조금 슬픈 듯한 얼굴로 말했다.

"저, 그런데. 저는 혼자 사는 것은 훨씬 전부터 익숙해 있지만, 아주 가끔, 아까처럼 비에 흠뻑 젖어 숲 속에 내내 서 있어야 할 때나 바람에 넘실거리는 가을 초원의 오솔길을 걸을 때나 눈보라치는 밤에 꼼짝없이 지하실에서 몸을 피하고 있을 때, 외로움으로 가득 차는 적이 있어요. 저는 슬픈 것은 얼마든지 견뎌낼 수 있지만 초라한 것은 견딜 수가 없어요. 그런 때는 뭘 생각하며 어떻게 하면 좋을까요?"

"글쎄……" 나는 조금 생각한 다음 다시 말을 이었다.

"그건 말야, 빗방울 하나하나에도 눈의 작은 결정에도 스산하게 부는 가을바람이나 풀 한 포기 한 포기에도 쪼그만 신이 살고 있단다. 그건 모두 너에게 다정하게 바싹 달라붙어

친구가 되기 위해 있는 거야. 그러니까 너는 혼자가 아니란
다, 언제나. 아니, 영원히! 그리고 네 안에도 또 내 안에도 작
은 신이 존재하고 있단다. 그러니까……. 모두 친한 친구니까
쓸쓸한 것 따위는 없는 거야.

하지만 너는 역시 너고 나는 나야. 각자 안에 살고 있는 신
이 모두 다른 것처럼 말야. 사시나무는 사시나무고 개암나무
는 개암나무이듯이." 나는 그렇게 몇 년 전 겨울 어느 날 곰
아저씨가 해주었던 말을 떠올리면서 대답해 주었다. ——아
아, 어쩌면 곰 아저씨는 이런 식으로 나에게도 멋진 거짓말을
해주었는지 모른다.

"잘 알았습니다. 정말 고마워요." 작은 고양이는 만족스러
운 듯이 말하고, 우유 그릇과 달걀이 든 자작나무 바구니를
양손에 쥐고 왼쪽 길을 따라 숲으로 걸어 나갔다.

나는 조용히 문을 닫고 곰 아저씨의 책상 앞에 앉았다. 눈
앞의 창 너머로 소나기 뒤에 한층 더 맑고 투명해진 빛 속에
서 점점 사라져 가는 어린 고양이의 뒷모습이 보였다.

가만히 쳐다보고 있자니 너무 눈이 부셔 눈에 눈물이 고였
다.

나는 책상 위에 가지런하게 접혀 있던 파랗고 둥근 안경을

끼고 다시 한 번 창 밖을 내다보았다.

그러나 푸른빛이 돌았던 녹색의 자작나무 잎이 서로 겹쳐지고 닫혀 있던 숲 입구에 어린 고양이의 모습은 이제 없었다.

나는 한참 동안 어린 고양이가 가고 없는, 숲에 잠긴 오솔길 주변을 바라보고 있었다. 그리고 시선을 아주 조금 위로 향하자 나무 끝에 깨끗한 여름 하늘이 펼쳐져 있었다.

도수 없는 파란 렌즈는 여기저기로 퍼져 넘치는 여름 빛을 있는 힘껏 흡수하면서 강렬하게 빛나는 여름날의 풍경의 상을 내 눈에 맺어 주었다.

그리고 나는 에필로그의 한 행을 쓰기 시작했다.

에필로그

에필로그는 이 이야기의 무대인 한여름의 초원에서 시작된다.

우리들은, 얀의 오두막을 바라보는 짙은 녹음, 그러니까 풀숲 사이에 서 있다. 하나, 둘, ……넷, 여섯, ……열, ……열다섯……. 그렇게 많지도 않고 그렇게 적지도 않다. 그냥, 각각은 한 사람씩 띄엄띄엄 그 나름대로의 거리를 두고, 신경써서 이야기하면 들릴 정도의 자리에 흩어져 서 있었다.

먼 풍경에는 자작나무의 새하얀 나무껍질이 역시 짙은 녹음의 숲 전면에 보였다 안 보였다 하며 조용히 우리들을 바라보고 있었다.

그렇다, 우리들은 녹음의 한가운데 있었다.

나는 주름 잡힌 하얀 마로 된 웃옷을 하얀 셔츠 위에 걸치고 밀짚모자를 눌러쓰고 있었다. 그리고 여자들은 모두 하얀 여름 원피스에 몸을 감싸고 남자들 역시 마찬가지로 하얀 여름옷을 입고 있었다. 단, 바지는 세로 줄무늬나 회색이나 검은색도 섞여 있었고 나는 검은색에 가까운 회색이었다.

바람은 부는지 안 부는지 모를 정도로 미미하게 지나가고 있었다.

오후의 태양은 비스듬하게 비추고 있었는데 퍼지는 빛 속에서도 더운 줄은 몰랐다. 나는 기온도 체온도 느낄 수 없었다. 그리고 소리는, ……먼 숲에서 줄곧 지저귀는 새소리도 바람에 살랑거리는 낙엽 소리도 풀과 풀이 서로 스치는 소리도 심지어 우리들의 목소리조차 들리지 않았다. 마치 소리가 없는 세계에 있는 것 같았다. 그냥 시간에 남겨져 있는 것에 만족해야 했다.

그리고 다시 한 번 천천히 내 주변의 경치를 살펴보니 ── 마치 영화의 촬영카메라를 천천히 회전시켜 가는 것처럼── 양의 오두막에서 조금 떨어진 곳에 지상에서 아주 조금 떠올라 금방이라도 저 큰 하늘로 날아오르고 싶어 좀이 쑤신 기구 풍선과, 로프에 묶여 가까스로 땅을 밟고 서 있는 탈것으로 만들어진 커다란 바구니가 눈에 들어왔다.

그것은 갑자기 풍경 속에 등장했다. 아니, 내가 이 숲이나

초원의 매력에 흠뻑 취해 있는 사이 그것을 못보고 넘어갔는지도 모르겠다. 아니아니, 그런 건 아니다. 그 기구는 꿈속의 사실처럼 홀연히 모습을 드러냈다.

그리고 무슨 소리가 들려온다. 지금까진 아무것도 들리지 않았었는데……

우리들은 서로 흩어져 거리를 유지한 채로 걸어 나간다. 천천히. 나팔의 중심에서 들려오는 소리를 찾아서. 이윽고 각자의 거리는 조금씩 좁아진다. 서로 얼굴을 알아볼 정도의 거리로 좁혀지자 맞은편의 남자는 모자를 벗고 인사를 했다. 나도 답례했다. 이쪽 여자는 가볍게 인사를 했다. 그리고 나도 인사를 했다. 다시 우리들 사이가 좁혀져 간다.

마침내 바로 옆까지 다가온 여자는, "요시프 이바노비치의 〈도나우 강의 잔물결〉이군요"라고 미소 지으며 말했다.

"네." 나는 대답했다. 그리고, 이번에는 오른쪽에서 다가온 조금 점잖아 보이는 신사가 "이런 곳에서 발트토이펠*의 곡을 듣다니 근사하군요"라고 말했다.

나는 다시 "네"라고 짧게 대답했다. 우리들은 조금씩 소리

---

* 발트토이펠……(1837-1915) 독일계 프랑스인 작곡가. 〈스케이터즈 왈츠〉 같은, 감미로운 왈츠로, 파리나 런던에서 인기가 있었다. 확실히, 비엔나 왈츠보다는 우아하다.

의 근원에 가까워져 간다.

"저, 왈츠 프랑수아 좋아하세요?" 갑자기 뒤에서 누군가가
말을 걸어왔다.

뒤돌아보니, 세련된 아가씨가 생글생글 웃으면서 걸어왔다.

"그럼요, 좋아하죠." 나는 대답했다. 그리고 나에게도 들려
왔다.

한가롭고 우아하며 아주 조금 진부한 듯 애매한 감정을 품
고 어른의 장난기를 숨기면서 강요하는 듯한 태도가 없는 비
엔나풍의 왈츠가.

"하지만 아가씨, 나에게는 글라즈노프*의 콘서트 왈츠로
밖에 들리지 않는데요."

"어, 이건, 왈츠 프랑수아인데요. 잘 모르시나요?" 그 아가
씨는 그렇게 말하고는 나를 앞질러 앞으로 걸어 나갔다.

──우리에게 들리는 것은 의식 속의 선율이다. 그러니까
각자 다른 곡이 흐르고 있는 것이다──

그리고 이상하게도 누구의 곡이든 모두 왈츠였다.

* 글라즈노프의 콘서트 왈츠……러시아의 A. 글라즈노프(1865-1936)
  작곡, 〈연주회용 왈츠 제1번〉.

계속해서 초원 가운데로 걸어가 보니 확실히 보였다.

새까만 옷을 입은 남자가 한여름인데도 검은 모자를 쓰고 축음기를 안고 나팔을 이쪽으로 향하고 서 있었다. 그러나 나는 장면에 어울리지 않는 남자의 옷차림에 신경 쓰인다기보다 이 한가로운 왈츠 속에 완전히 빠져 있었다.

축음기를 한여름의 풀밭 위에 내려놓고 남자는 알아듣기 어려운 소리로 말하기 시작했다.

"그런데, 독자, 아니 실례합니다, 여기 계신 관객 여러분. 이 책, 아니 죄송합니다, 이 연극의 대단원을 맞이해서, 여러분에게 감사의 마음을 전하며 넓은 하늘 위에서 이 연극의 처음부터 끝까지를 관람하게 해드리고 싶습니다. 저희가 떠올린 기구에 부디 올라타 주십시오. 과연 괜찮을까 걱정은 하지 마시고 타십시오. 우리 기구만큼 안전한 것은 없으니까요. 아무쪼록 마음 내키실 때까지 이 연극의 대단원을 관람하여 주시기 바랍니다. 단 유감스럽게도, 여기에 계신 모든 분이 함께할 수는 없다는 말씀을 드리고 싶습니다. 부디 순서를 지켜 주시기 바랍니다. 안내는 제가 맡겠습니다. 그럼 앞에 계신 분부터 탑승해 주십시오."

남자는 등나무로 된 바구니 입구를 열었다. 여자는 원피스 소매를 걷으면서 기쁜 듯이 발판을 딛고 올라탔다. 턱수염이 멋진 신사는 일부러 까탈스러운 얼굴을 하고 올라탔지만 안으로 들어가자 이내 웃음을 띠고 바구니의 테두리를 잡았다.

"자, 당신도 함께 타시지 않을래요? 자 빨리요."

나는 아까 그 세련된 아가씨에게 손목을 이끌려 바구니 앞으로 왔다.

안내인은 손님 한 사람 한 사람이 승선할 때마다 검은 모자를 정중하게 벗어 인사를 하고 있었다. 그리고 두세 마디 말을 건넸다.

우리들은 차례로 발판으로 오르려고 했다. 남자는 모자를 벗었다.

그 머리카락은 어쩐지 길고 부수수하고 윤기가 없었다. 아니 뭐랄까, 인간의 머리카락으로는 보이지 않는다고 해야 할까……

"실례지만, 당신은 이 이야기의 작자가 아니십니까?" 안내인이 나직이 말했다.

"아뇨, 우리들은 이 연극의 관객인데요. 그런데 왜 그런 걸 물어보는 거죠?" 아가씨는 되물었다.

"별거 아닙니다. 작자는 유리에 대한 묘사에서 항상 조금 더러워진 것으로 그렸거든요. 더구나 이 마지막 이야기를 망칠지도 모르기 때문에 조심해 주시기 바랍니다."

"무슨 말을 하고 계신지 잘 모르겠습니다만, 어쨌든 우리들은 손님입니다."

"네, 그럼. 실례했습니다."

이렇게 해서 나는 이 아가씨 덕분에 무사히 기구에 올라탈 수 있었다.

그것이 잘된 것인지 아닌지는 알 수 없지만.

"그럼 말씀드리기 죄송합니다만, 우선 방금 타신 분까지만 모시겠습니다"라고 검은 모자의 안내인은 그렇게 말하고, 자기도 올라타서 바구니 입구를 닫았다. 그리고 바구니의 사방 구석에 묶여져 있던 로프를 하나하나 떼어내고 안에 있던 두꺼운 백과사전 같은 오래된 책을 한 권씩 밖으로 내던졌다.

《진흙입욕건강법》《신비주의 철학전집 Ⅳ》《극지식물도감》《대륙의 조류연구》《시오니즘 연구》《문학과 혁명》《체호프 희곡집》《콩새속의 전설 제12권》《초원의 축제》《대륙의 담수어 연구 Ⅲ 카와카마스》《서투르키스탄 잠입기》《변장학 입문》《거장과 마가리타》《까마귀 분별법 Ⅰ 갈까마귀와 떼까마귀》.

뺨에 땀을 흘리면서 차례차례 던졌다. ——사실, 표정은 모자에 가려져 잘 알 수 없었지만——.

과연 이 엄청나게 많은 책들은 모두 무게의 역할을 하고 있었던 것이다. 책은 녹색의 초원 여기저기에 내려앉았다. 마치 새가 먹이나 열매를 콕콕 쪼듯이 기구의 주변으로 불필요한 그 책들은 점점 흩어져 갔다. 도대체 얼마나 많은 책들을 내던진 것일까.

우리들의 중력과 대기압의 부력이 빠듯한 균형을 깨뜨린 그 순간, 기구는 두둥실 떠오르기 시작했다.

풀 위의 축음기는 언제까지나 왈츠를 연주하고 지상에 남겨진 사람들은 모자를 벗어 모두 손을 흔들어 주었다. 그리고 우리들도.

기구가 올라간다, 올라간다, 두둥실. 이상하고도 매혹으로 가득 찬 이 감각을 어떻게 표현하면 좋을지. 예를 들면 우리들은 왈츠의 스텝을 밟으면서 발은 완전히 홀의 바닥과 떨어져 있는 것 같은 느낌이었다. 지상의 사람들은 머리만 크고 발이 작은 난쟁이가 되어 간다. 모두 입을 벌리고 뭐라고 외치면서 열심히 손을 흔들거나 양산을 흔들고 지팡이를 흔들고 모자를 흔든다. 기구의 사람들은 하나같이 천진난만한 어린아이처럼 이쪽 난간에서 저쪽 난간으로 작은 바구니 안을 빙빙 돈다. 그때마다 기구는 크게 기울고 소동은 점점 커진다.

그리고 더 이상 지상의 환호성도 축음기의 왈츠도 들려오지 않게 되었을 때, 우리들은 비로소 기구와 함께 공중에 떠 있는 것을 실감했다.

──뭐가 보이나? 뭘 발견했지?──

뭐가 보이냐고? 그건 끝이 없는 지평과 한여름의 파란하늘. 우리들이 처음으로 보았던 것은 이 둘뿐이었다.

그리고 겁이 나서 기구의 난간을 손으로 꽉 붙잡고 발 아래의 지평으로 눈을 돌리자, 초원, 숲, 초원, 숲의 연속이 사방을 가득 메우고 있다.

바람은 지상보다 훨씬 강했지만 그래도 상쾌했고 우리들 모자를 날린 적도 없었다.

태양은 바로 머리 위에서 빛나고 그 역광 안에 아까 그 안내인의 그림자가 떠올랐다. 그러나 너무 눈이 부셨기 때문에 누구도 태양의 방향을 보려고는 하지 않았다.

그때, 갑자기 그 그림자가 말을 꺼냈다.

"자, 여러분! 저희는 지금 이 작고 작은 초원과 숲의 극장 위, 아니 무대의 아득한 위에 떠 있습니다. 우선 왼쪽 조금 남쪽부터, 그러니까 이쪽 방향을 봐 주십시오. 뭔가 빛나고 있지 않나요?"

모두들 기구의 왼쪽으로 이동했다. 그러자 기구는 심하게 흔들리고 우리들의 무게 때문에 기울어 오히려 내려다보기 쉽게 되었다.

"저기 봐요, 저기!" 한 남자가 외쳤다. 그건 숲의 빈 지대에서 혼자 태양 빛을 반사하고 있는 거울이었다.

──개암나무 연못이다!──나는 마음속으로 말을 하고 있었다.

"그렇습니다. 저기는 개암나무가 서 있는 연못입니다. 그리고 서양버드나무도." 안내인은 말했다.

"그럼 이것으로 더 자세히 볼까요?" 그는 발 밑의 커다란 가방에서 몇 개의 쌍안경과 망원경을 꺼내 우리들에게 나누어 주었다.

"대단한 배려로군요." 부인이 기쁜 얼굴을 하고 그것을 받아들었다.

망원경의 개수는 부족하지 않았지만 우리들은 쌍안경과 망원경을 서로 바꿔 가며 경치를 감상했다.

"자, 여러분. 저 빛나는 연못의 개암나무 경사면 아래에 누군가 있지 않습니까?"

"앗, 저기 어린 고양이가 있네! 기분 좋은 듯이 자고 있는데요!" 누군가가 외쳤다.

"정말. 그러네. 너무 귀여워! 당신도 한 번 봐요. 자, 어서요." 내 옆에 있던, 아까 그 세련된 아가씨가 쌍안경을 빌려주었다.

거기에 보였던 것은 개암나무 아래, 주변보다 흙이 조금 쌓인 초지 위에서 새근새근 한여름의 꿈을 꾸고 있는 어린 고양이였다.

자세히 보니 어린 고양이 주변은 하얗고 작은 꽃으로 가득차 있었다.

장례식 때 뿌려 주었던 씨앗들이 이제는 흐드러지게 핀 꽃으로 답례를 대신해 주었던 것이다. 마치 곰 아저씨의 품에서 잠들어 있는 것처럼 작은 고양이는 안심하고, 살아가는 것에 대한 불안으로 고민하는 적도 없이 편안히 잠들어 있었다.

——과연, 개암나무 아래에 신은 있을까——라고 나는 생각했다.

틀림없이 거기에는 한 신이 묻혀 있었다.

기구는 공중에서 천천히였지만 끊임없이 움직이고 있다. 한참 지나자, 우리들이 있는 방향에서는 개암나무의 우산에 가려져 어린 고양이의 모습은 보이지 않게 되어 버렸다.

연못은 여전히 태양 빛을 아름답게 반사하고 때때로 수면을 건너는 바람에 작은 파문을 만들며 반짝거리며 우리들의 눈을 따갑게 했다.

그곳은 숲의 작은 빈 지대임과 동시에 우리들의 작은 마음의 빈 지대이다.

나도 지금, 흰버드나무 아래에 앉아 강가 저편의 개암나무 아래에서 잠자는 어린 고양이를 하루 종일 바라보고 싶었다.

"그리고, 이쪽을 좀 봐 주세요. 바로 거기입니다. 저기 꼭대기가 마른, 이 근방에선 가장 키가 큰 전나무가 있지요. 거기서부터 비스듬히 보이는 방향에 콩새가 살고 있던 저택이 있는 것 아십니까?" 안내인이 목소리를 높였다.

나는 꼭대기가 마른 전나무를 찾았다. 그러자, 있다 있어!

그리고 쌍안경으로 그 꼭대기를 보니 검은뇌조가 눈을 감고 머물러 있는 것이 손에 잡힐 것처럼 느껴졌다.

"아, 실례했습니다. 이걸로 보세요." 나는 옆의 아가씨에게 쌍안경을 건네주었다.

"뭔가 보이나요? 전 그냥 전나무밖에 보이지 않는데. 아아, 그런데 저 끝에……저 끝에, 보여요, 보인다구요. 녹색의 잡목림 사이에 가려져 저택도 녹색으로 보이는데요? 신경을 써서 보지 않으면 알 수 없겠군요. 그런데."

아가씨는 쌍안경을 투명한 눈에서 떼어내더니 미소를 지으며 말했다.

"콩새의 저택 창문에서, 하얀 천이 바람에 나부끼며 녹색 안의 표적이 되어 있는 걸요."

건네받은 쌍안경으로 보니 분명히 그 방향에 녹색 페인트가 여기저기 남아 있는 추억의 별장이 보였다.

그렇다, 그 하나의 창문에서 얀이 아주 좋아했던 하얀 레이스 천이 우리들에게 신호를 보내는 것처럼 나부끼고 있었다.

"저 썩은 테라스 위에서 홍차와 그리고 나폴레옹을 먹어보고 싶군요. 당신도 그렇게 생각하지 않나요?"

"네, 그러면 분명 정말 기분이 좋을 거예요. 그곳은 분명."

그리고 나는 다시 가까운 경치의 꼭대기가 마른 전나무를 보았다.

검은뇌조는 마치 허수아비처럼 작은 덩어리가 되어 날 생각을 하지 않았다.

이 연극의 마지막을 위해, 그렇게도 싫어했던 높은 곳에서 가까스로 숲이나 초원을 바라다보고 있는 것은 아닐까. 단, 눈은 변함없이 감고 있었지만…….

——하지만, 검은뇌조야. 오늘 하루는 이렇게 기분 좋은 날은, 적어도 눈을 뜨고 내려다보지 않을래? 그리고 가만히 쳐다봐 주지 않을래? 이 초원과 숲을. 역시 너의 역할도 오늘로 마지막일 테니까.——

"아니, 그런 일은 없을 거야."

나는 좀 깜짝 놀라서 뒤를 돌아다보았다. 내 뒤에는 아무도 없었다. 그냥, 꽤 기울어진 태양이 만들어 내는 안내인의 긴 그림자가 내 발 밑까지 닿아 있었다.

"자자, 여러분. 다음은 이쪽. 오른쪽 비스듬히 전방을 봐 주십시오. 이 바로 아래 숲을 쭉 따라가 주세요. 물론 숲의 길 같은 건 보이지 않을 거예요. 여하튼 쭉 봐 주세요. 자그맣고 보잘것없는 숲의 빈 지대에 작은 오두막이 보이지 않습니까? 아주 자그마한 오두막이죠."

"아무것도 보이지 않아요. 어디 말예요?" 콧수염의 신사가 열심히 망원경을 보고 있는 모습은 어쩐지 불쌍하다고 해야 할까, 조금 우스꽝스러웠다. 그러자 옆에서, 조금 유행이 지난 헐렁헐렁한 상의를 입은 허약해 보이는 남자가 소매 끝에서 겨우 삐져나온 손가락 끝으로 저쪽을 가리키면서 기어들어가는 듯한 목소리로 가르쳐 주었다.

"저, ……실례지만, ……어쩌면 이쪽 방향이 아닌가 생각하는데……"

콧수염의 신사는 그 남자를 흘끗 한 번 보고 나서 다시 망원경을 바라보았다.

"보인다! 보여! 이봐, 더 오른쪽부터야. 작은 오두막이군, 숲 사이에 말야. 자네도 빨리 봐 보라구." 신사는 허약한 남자가 가리킨 방향을 보면서 큰 소리를 냈다.

"예, 실례했습니다. ……그쪽이었나요?" 허약한 남자는 망원경을 빌렸다.

나도 아까부터 보고 있었다. 그것은 숲에 파묻힌 불과 한 줌밖에 안 되는 빈 지대였다.

하지만 거기에는 얀이 있다. 오두막 옆 창 아래에서 밖에 내놓은 의자에 오도카니 앉아 있는 얀!

뭔가를 바라보고 있는 것 같지만 아무것도 보고 있지 않다. 뭔가를 생각하고 있는 것 같지만 아무것도 생각하고 있지 않다.

끝날 것 같으면서도 언제까지나 끝나지 않는 이 연극의 주인공은 얀 너야.

자, 이 연극의 막을 내리는 것은 너의 역할이다. 도대체 어떤 대사를 말하고 무엇을 할 건지 이제, 우리들에게 보여주지 않을래?

그때, 열린 채로 있던 문 밖에서 기운 넘치는 닭이 몹시 당황하며 오두막 안으로 뛰어 들어가는 모습이 쌍안경의 시야 안에 들어왔다.

그리고……, 그리고……, 들려온다……, 들리지 않나요? 저기 멀리서부터 그 선율, 슬픈 성모 스타바트 마테르의 서곡이…….

하지만 오늘은 뭔가가 다르다. 그것은 가벼운 왈츠의 곡조에 실린 오페라 합창처럼, 아니면 오페라의 독창처럼 낭랑하게 숲이나 초원이나 이 극장 전체에 울려 퍼진다. 어떤 확신을 갖고.

얀이 얼굴을 들고 숲 위와 오늘의 하늘, 우리들이 떠 있는 하늘을 보았다.

쌍안경 안에서 바로 정면으로 이쪽을 바라보는 얀의 순수한 눈에 나는 완전히 매료되었다.

나는 얀을 향해 단호히 손을 흔들었다.

그러나 그것을 알아차릴 틈도 없이 얀은 의자에서 일어나 조용히 오두막으로 들어갔다.

"그렇게 열중하지 말고 저도 빌려주지 않을래요?" 옆의 아가씨가 말했기 때문에 나는 당황해서 얼른 쌍안경을 주었다.

내 머릿속에서는 같은 선율이 끝날 줄 모르고 언제까지나 반복되고 있었다.

"네에, 들려요. 저쪽 방향에서요."

"네, 희미하게 들리죠. 왈츠 프랑수아라고 생각해요. 정말 틀림없을 거예요."

"아니……. 아니, 그럴지도 모르지요. 단……"

역시 이것도 우리들의 의식의 선율인가. 한 사람 한 사람 각자가 사랑하는 곡을 듣고 있다.

서로에게 지장을 주는 것도 없이 마음속에서 듣는 음의 세계.

"네, 네! 그런데 저건…… 설마 콩새는 아니겠죠. 빨리 봐보세요! 이쪽이에요. 저기. 멀리멀리 더 멀리, 하늘 끝에서부터 이쪽을 향해서 날아오는 거요! 하지만 어쩐지 눈부시지요?"

태양과 약간의 각도를 만들며 남서쪽에서 작은 점이 나타났다. 그녀는 무아지경에 빠져 쌍안경으로 바라보고 있다. 육안으로 보는 나는 그 점이 새인지조차 구분할 수 없었지만 새 치고는 날개가 느긋하게 움직였다. 그것은 그냥 탄환 같은 점 모양으로 보였다.

그 탄환은 한참 지나자 포탄처럼 땅딸막한 모양이 되어 점점 속도를 더하며 다가왔다.

그리고 눈 깜짝할 사이에 우리들의 기구 옆을 날아갔다.

분명히 그것은 새였다. 전체가 회색이고 날갯죽지 끝의 하얀 악센트만이 선명하게 보였다. 그 새는 독수리처럼 여유 있게 날갯짓하며 활강하지도 않고 눈으로 구분할 수 없는 속도로 날개를 위아래로 움직이면서 숲 속으로 날아 들어갔다.

"아아, 콩새가 돌아온 거예요. 그렇죠? 저건 틀림없이 콩새예요. 어떻게 됐을까요? 모두 보았겠죠?"

나는 순간 아무것도 생각하지 않고 그 새가 사라진 숲 주변을 쳐다보고 있었다. 서쪽 지평으로 기운 태양 빛이 숲의 나무들 잎사귀 한 장 한 장에 여름 석양의 인사를 보내고 있었다.

나는 덧없는 감상에 사로잡혀 있었다.

"아니, 유감이지만 육안으로는 알 수 없어요. 너무나 빠른 것이었으니까. 그냥, 독수리나 까마귀나 언치새가 아니라는 건 분명해요. 그보다는 더 작은 새였던 것 같아요."

나는 기구 주변을 천천히 둘러보았다.

햇빛에 완전히 익숙해져 버린 눈동자에는, 하늘의 푸른색이 한층 깊이를 더해 비춰졌다.

그 아래에 펼쳐진 초원은 아득한 영원으로 통해 있었다.

그것은 언제까지나 결코 막이 내린 적 없는 조용한 극장이었다.

"그럼, 저 쪽으로 가볼까?" 어딘가에서 들은 것 같은 분명하지 않은 목소리가 들려왔다. 누군가가 앗! 하고 짧게 외침과 동시에, 모두가 기구의 난간을 붙잡으면서 아득한 아래를 내려다보자 지금 바로 지상과 연결되었던 유일한 로프가 뱀처럼 구불구불 낙하해 가는 것이 보였다. 생각했던 것보다 꽤 시간이 걸려 지상에 떨어진 로프 주위에 사람들이 모여들었다.

기구의 승객 누구나 조금쯤 불안하고 불가사의한 기분에 둘러싸여 안내인이 했던 행동을 이해하려고 시선을 향한 끝에는, 이 기구가 진행해야 할 방향을 확인하며 우리들에게 등을 돌린 한 마리의 떼까마귀가 서 있을 뿐이었다.

그 윤기 없는 등쪽 날개를 향해 나는 말을 걸었다.

"이봐, 도대체 어쩔 셈이야?"

그러자 떼까마귀는 약간 이쪽을 돌아다보고 약간 머리를 숙인 모양으로 그러나 미소 지으면서——나에게는 그렇게 보였다——

"괜찮아"라고 한마디만 대답을 하고 다시 전방을 바라보았다.

"아니, 너는 괜찮을지도 모르지만, 우리들은⋯⋯" 나는 반론을 했지만, 떼까마귀는 그것뿐 더 이상 대답하는 것도 없이 머리털만 기분 좋게 바람에 휘날리고 있었다.

확실히 떼까마귀는 이 기구의 선두에 서 있었다. 기구는 그가 바라보는 방향으로 진행하고 있었으니까.

그리고 또 한 번 놀란 것은, 그 주위에 도대체 언제 갖고 올라왔는지 알 수 없는, 자신이 대충 갖고 있던 모든 가재도구

랄까, 잡동사니가 흩어져 있었다.

——주둥이가 빠진 법랑 주전자, 살이 부러진 양산, 곰팡이가 낀 것 같은 델라와인, 검은 빵조각, 느적느적 휘어진 철사, 스프링과 나사들, 손잡이가 빠진 냄비, 녹슨 등유램프, 약간 더러워진 새 인형, 그리고 낡은 외국의 그림 엽서가, ——콘스탄티노플의 갈라타교, 남프랑스의 항구, 스위스의 경승지, 오데사 해안의 산책길, 페테르부르크의 사자상, 티프리스의 원경, 카프카스의 계곡, ——수신인과 글의 내용은 프랑스어나 독일어 그리고 조금 알 수 없지만 아르메니아어나 그루지야어 같은 고대풍의 이상한 문자로 쓰여져 곳곳에 번진 자국이 있었다.

예상대로 이것은 그 물건 파는 떼까마귀의 것일까!? 그러나 역시 나는 새의 얼굴을 구별할 수 없었다.

나는 거기에 떨어져 있는 한 권의 스케치북을 주워 들었다. 표지는 더러워져 있었지만 안은 새하얗고 깨끗한 스케치북을 한 장 한 장 넘겨 갔다.

몇 장쯤 넘기자, 마법처럼 차례로 장면이 나타나서는 금세 사라져 가고 나는 페이지마다 그 환상을 쫓아갔다.

——신록으로 가득 찬 콩새의 저택. 안개에 가려져 모습이 반쯤 지워져 있는 얀의 오두막. 콩새와 얀이 철로를 바라보

며 기차가 오기를 기다리던, 풀의 경사면. 햇빛에 빛나는 어린 사시나무. 곰 아저씨의 오두막으로 향하는 얀의 뒷모습. 카프카스의 춤. 눈보라치는 밤을 혼자서 지내는 얀. 또, 개암나무가 서 있는 연못과 흰버드나무 옆에 앉은 두 마리의 모습이.

──그리고 마지막 종이를 넘겼을 때 드러난 풍경에 나는 적지 않은 충격을 받았다. 그것은 우리들이 타고 있는 것과 똑같은 기구가 숲이나 초원의 아득한 위를 날아가는 그림이었다.

내가 놀란 것은 전혀 눈치 채지 못하는 옆자리의 승객들은 완전히 마음을 놓고 어느 틈엔가 이 여행에 몸을 맡기고 아예 제멋대로 흘러가는 기구의 방향을 보면서 느긋하게 경치를 즐기고 있었다.

그리고 그사이 나도, 왠지 아무 불안도 느끼지 못하고 기구와 함께 이대로 영원히 여행을 계속하고 싶어졌다.

"그래 이젠 우리들도 물건 파는 떠돌이가 되었어."

내가 혼잣말을 하자 옆의 세련된 아가씨가 이쪽을 돌아보고 사랑스러운 미소를 보내며 나에게 속삭이듯이 말했다.

"뭐라고 하셨나요? 그건 그렇다 치고 바람이 기분 좋게 부는군요. 정말 멋진 여행이죠?"

"아, 그래요. 이렇게 기분이 좋은 건 정말 오랜만이에요."

흘러가는 숲이나 언덕이나 초원은, 우리들의 아득한 발아래 때때로 나타나는 엷은 구름에 가려져 그 틈 사이로 구불구불 힘차게 전진하는 대하가 힘을 잃어가는 태양 빛을 반사해서 눈부시게 빛나고, 우리들이 가는 쪽에는 끝없이 이어지는 대지의 아득한 위, 투명하면서 짙은 파랑으로 물든 하늘을 배경으로 가느다란 초승달이 어렴풋이 떠올라 있었다.

—— 막 ——

얀 작, 《얀과 콩새 이야기》 전 2막 31장

배역

고양이 얀……얀 얀코프스키

콩새……이츠데모 도코데모 타타이테시비레(본명, 팔레스틴 카에세)

나이 지긋한 곰……올드 쿠만스키

언제나 생기 넘치는 닭……겡키나 니와토리 에브너

야윈 소……부츠쿠사 이테루스카야

물건 파는 떼까마귀, 로쿰 파는 떼까마귀, 서툰 변장남……

보사보사 아타마쟌

검은뇌조……니콜라이 로마노프 아방가르드

어린 고양이……레르만 헤세 키튼

우정 출연……시궁쥐(224쪽)

음악

드보르자크 〈스타바트 마테르〉에서

이바노비치 〈도나우 강의 잔물결〉

칼라신스키 〈왈츠 프랑수아〉

오긴스키 〈폴로네즈 조국에 대한 작별〉

스크랴빈 〈왼손을 위한 녹턴〉

알렌스키 〈조곡 제3번, 변주에서, 장송행진곡 및 녹턴〉

글라즈노프 〈연주회용 왈츠 제1번〉

연출/미술 마치다 준

연출조수 마치다 마리코

프로듀서 이이지마 데츠

초연 미치다니 극장 1998년

맺는말

지금 저는 이 작품이 가진 한가롭고 느긋한 기분 안에 있습니다. 전작 《초원의 축제》처럼, 어떤 초점을 향해 오로지 직진하는 빛 가운데 삼켜져 버리는 것도 없고, 눈부시게 퍼지는 여름빛 안에서 마치 스스로의 의식이 증발해 버리는 기분입니다.

얀의 세계가 인간의 세계와 서로 맞닿아 있을 때, 얀은 항상 비판적인 태도를 취하면서 작은 긴장감을 우리들에게 부여합니다. 이번 이야기에서는, 그런 인간 세계와의 접점이 거의 없었던 덕분에 그들의 세계는 스스로의 고리를 완전히 닫아 버렸습니다. 우리들은 어떠냐고 한다면 에필로그 안에서 겨우, 아주 조금, 참가하는 것을 허락받았을 뿐입니다. 우리들은 기구를 타고 어딘가로 흘러갈 것입니다.

일방적인 국가권력, 또는 국가간의 전쟁에서 임기응변의 진퇴에 의해 다양한 권리를 침해받고 있는 크루지스탄이나 팔레스타인으로 향할지도 모르고, 혹은 발칸의 모든 지역이나 태평양의 동티모르까지도 날아갈지 모르겠습니다.

그렇지 않으면 우리들 자신의 마음 구석에 오랜 세월 방치되어 있던 소중한 숲이나 초원이나 산맥으로 향할까요?

아니아니, 이것은 모두 쓸데없는 세상 소문일 겁니다.

사실, 여기서 여러분께 하나 사과할 것이 있습니다. 저는 자연을 좋아해서 항상 동경하며 매일매일을 보내고 있지만 조류나 식물학에 특별한 흥미를 갖고 있는 것은 아닙니다. 따라서 그 지식은 거의 없는 것과 마찬가지인 상태에서, 이번 이야기에 등장하는 새나 식물에 대해서 계절, 서식지, 행동, 색, 형태, 기타 여러 가지에 걸쳐 완벽하게 고려하지 못했습니다. 저는 결국, 자신의 작품에 모든 것이 강제로 봉사해 주길 바라는 극단적인 에고이스트입니다. 그런 에고이스트에게 마지막까지 격려를 아끼지 않고 교정, 주의 작성, 더욱이 음식물 등에 대한 지식을 전수해 주었던 마치다 마리코 씨, 그리고――판매 부수에 연연하지 않는 좋은 책을 만든다――는 확고한 신념으로 일관하며 출판활동을 계속해 주신 미치다니의 이이지마데쓰 씨에게 깊은 감사의 뜻을 전합니다.

마지막 순서가 되어서 죄송하지만, 독자 여러분이 이 책을 지지해 주고 사랑해 주시기를 바라마지 않습니다.

그리고 이것은 제가 가장 좋아하는 얀의 대사입니다.

"그러니까 너는 혼자가 아니야, 언제나. 아니, 영원히! ……
하지만, 너는 역시 너일 뿐이고, 나는 나야. 사시나무는 사시나
무고 개암나무는 개암나무란다."

1998년 5월
마치다 준

그리고, 보잘것없는 부록

—— 얀의 고골 모골 만드는 법 ——

신선한 달걀을 깨뜨려 흰자와 노른자로 나눕니다. 컵에 노른자와 설탕을 듬뿍 넣고 레몬옐로의 촘촘한 거품 상태가 될 때까지 스푼으로 열심히 젓습니다. 《초원의 축제》에서의 얀처럼. 그게 어려운 사람은 거품기를 사용하면 간단.

럼주를 몇 방울 떨어뜨린 다음 스푼으로 떠드시도록.

설탕의 양은, 달걀 한 개에 4,5스푼으로 콩새도 만족하는 당도! 하지만 각자의 취향대로 드시도록.

흰자위를 충분히 거품을 내 굳힌 것을 섞으면 더 가벼운 맛이 된답니다.

—— 마치다 마리코 씀

얀 이야기

❺

얀과 콩새 이야기

초판발행: 2010년 10월 10일

지은이: 마치다 준〔町田 純〕
옮긴이: 김은진
총편집: 李娅炅

東文選
제10-64호, 78. 12. 16 등록
110-300 서울 종로구 관훈동 74번지
전화: 737-2795

ISBN 978-89-8038-926-1 04830
ISBN 978-89-8038-921-6(세트)